JN072176

宮廷魔術師の婚約者3

書庫にこもっていたら、国一番の天才に見初められまして!?

春乃春海

24229

角川ビーンズ文庫

Contents

宮廷魔術師の婚約者
3
書庫にこもっていたら、
国一番の天才に見初められまして!?
クイン・
ブランシェット
国一番の宮廷魔術師。
メラニーを弟子に迎える
メラニー・
スチュワート
侯爵家令嬢。
魔力はほとんどないが、
古代語が読める
characters

マリア

スチュワート家から送り込まれた
メラニーの専属侍女

ケビン・フォステール

フォステール王国第一王子。
クインの友人

メルル

メラニーの使い魔である
白い大蛇

ディーノ

古代魔術研究室の魔術師。
クインに憧れている

ユスティーナ・フォステール

フォステール王国第一王女。
ケビンの姉

クラリス

フレデリカ王女に仕える
リンベルクの魔法騎士

本文イラスト／揲ル
キャラクター原案／vient

プロローグ

「殿下。そろそろお時間です」

執務中に声をかけられ、ケビンは読んでいた書面から顔を上げた。

フォステール王国の第一王子として政務を行っている彼の机には、まだ山のように書類が積まれていた。

手に持った書類に署名をし、控えていた文官に手渡す。残りは午後の執務に回すことになるだろう。

「――わかった。すぐ向かう」

立ち上がったものの、気分は乗らず、足取りは重い。鬱々とした気持ちで執務室を出て、庭園に移動する。そんなケビンの気を晴らすように、心地よい爽やかな風が吹き抜けた。初夏を感じさせる日差しが眩しい。

こんな日は執務など放り投げて、剣の稽古でもしたいものだ。

現実逃避をしながら緑の生垣の間を進んで行くと、開けた空間に出る。そこにはテーブルと椅子の準備がされており、大きな日除けのパラソルの下で優雅にお茶を飲んでいる貴婦人がいた。ケビンの母親であるヨハンナ王妃である。銀色の髪を後ろに束ね、淡い緑色のドレスの上から薄いショールを羽織っていた。

「母上」

ケビンが声をかけると、ヨハンナは柔らかい笑みで迎えた。

ケビンも姉のユスティーナもどちらかというと、この母親似である。

「久しぶりね。元気にしていた？」

同じ宮殿に住んでいても、毎日顔を合わせることはない。特にここ数ヶ月は政務に追われ、忙しかったせいもある。

ケビンが椅子に腰掛けると、ヨハンナは横にあった紅茶のポットを取り、手ずからカップに注いでくれた。

「最近、忙しくしているそうじゃない？」

「ええ、まぁ。それなりに」

香りを堪能してから一口飲むと、自分好みの茶葉の味が舌の上に広がった。最近は公務が忙しく、こうしてゆっくりとお茶を飲む時間も久しぶりだ。

クインの婚約者であるメラニー・スチュワートが見つけた城壁の古代魔法陣のことで調べものが山のようにあり、それに纏わる新しい仕事が増えたせいだ。父親である国王陛下から魔法陣に関する権限を全振りされたことも大きい。面倒なことを押し付けられたとも言える。

（まぁ、姉上が何かよからぬことを企(たくら)んでいるようだから、こちらとしてもそれは好都合なのだが……）

ユスティーナはどういうわけかメラニーに興味を持っている。親友のクインのためというのもあるが、周囲を引っ掻(か)き回すのが好きなユスティーナの動きには警戒(けいかい)が必要だった。

「陛下もあなたも大変そうね。おかげで私宛(あて)にあちこちのお茶会から声がかかるわ」

国王と王子が忙しいせいで、その皺寄(しわよ)せがヨハンナのところに来ているらしい。

「この間はオルセン公爵(こうしゃく)のお茶会に呼ばれたのよ」

「そろそろ後継(こうけい)が決まりましたか？」

「ええ。結局、前妻の子にするみたい。公爵夫人は機嫌(きげん)を損ねていたわ」

「それは、それは」

オルセン公爵の前妻は病気ですでに亡くなっており、その前妻との子どもは親戚(しんせき)に養子に出されたはずである。しかし、現在の妻との子であるジュリアンに爵位を継承(けいしょう)させることができなくなった今、前妻との間の息子(むすこ)を戻(もど)すことになったのか。

ジュリアン・オルセンとその婚約者エミリア・ローレンスが起こした騒動(そうどう)はケビンも関わっていたことなので、公爵家の跡目(あとめ)については気になっていた。このまま、逆恨(さかうら)みをせずに大人しくしてくれることを願うばかりである。

　ふと視線をあげると、ヨハンナの目がじっとケビンを見つめていた。

「その席でね。とても面白い話を耳にしたわ」

（——来た）

　これからが本題なのだろう。

　ヨハンナの目が細まったのを見て、ケビンは背筋を伸ばす。用もなく、息子の顔を見るために呼び出すような母親ではない。こういう時は大抵、面倒な話題がついて回ることを過去の経験から学んでいた。

　ケビンは表面上の笑顔を崩さないまま、気を引き締める。

「近々、あなたの新たな結婚相手が打診されるそうよ」

「またそのお話ですか。何度も申し上げておりますが、私は——」

「新しい候補は」

　ヨハンナはケビンの言葉を無視して続けた。

「——スチュワート家の娘だそうよ」

「……は？」

　早々にして、笑顔が剥がれた。

「……あの、母上。確認ですが、スチュワート侯爵には娘が二人おりますが、どちらのことでしょうか？」

「今話題の上の娘の方です。あなたもよく知っているでしょう？」

頭が痛い。

ケビンは思わず頭を抱えて唸った。

「彼女はクインの婚約者ですが？」

「結婚前であれば問題ないとの見解です」

「母上！」

我慢できずにテーブルを叩いて立ち上がると、澄ました顔でお茶を飲んでいたヨハンナは小さく嘆息してカップを置く。

「お座りなさい」

静かに窘められて、渋々座り直したものの、暴言の数々が今にも口から飛び出しそうだ。

ケビンはそれらの言葉を飲み込み、代わりに深い息を吐いた。

「……臣下の婚約者を奪うなんて聞いたことがありませんよ」

「相手がスチュワート家の娘ならば話が別らしいわね」

スチュワート家は代々有名な魔術師を輩出してきた名家である。魔術を重んじるフォステール王国において、その名は高く、王族すら一目置いている存在だ。現在は政権から一歩引いた中立的な立場をとっているが、スチュワート家を派閥に加えたがる貴族は多い。

ケビンを次期国王に推す第一王子派にもスチュワート家を取り込みたいという者がいる

のだろう。

　ヨハンナの口ぶりから察するに、すでに臣下の間で話が進められているようだ。

「――どちらから持ち上がった話ですか？　まさか、オルセン公爵が？」

「いいえ。寧(むし)ろ、公爵家は反対しているわ。自分の息子の元婚約者が今度は王子の妃(きさき)候補だなんて、面白くないもの」

「では、誰(だれ)が？」

「動いているのはセルデン大臣の一味だそうよ」

「……セルデン？」

　思わぬ名前に違和感(いわかん)を覚える。

　セルデン大臣は最近になってユスティーナの派閥に入った男だ。背後に間違(まちが)いなく姉がいるはずだが、ケビンの派閥と対立している姉が、ケビンとスチュワート家を結ぶメリットはない。それに彼女はメラニーを自分の派閥に入れたがっていた。

（一体、これはどういうことだ？）

「あの子は何を考えているのかしらね。頭の痛いこと」

　ケビンの思考がヨハンナにも伝わったらしい。彼女も今回の話が娘の仕業だと考えているようだ。次期国王にケビンを推奨(すいしょう)しているヨハンナは、王弟と裏で手を結んでいるユスティーナに手を焼いていた。

昔からユスティーナはケビンを困らせることが好きなのだ。今回の件も確実に何か裏があるのだろう。

それはさておき。

「母上。そのお話はお断り致します。私はリンベルクの姫を妃に迎えたいと――」

「まだそんなことを言っているの？　その話はほぼ破談状態になっているじゃない。あなただって、昨今の状況を見ればわかるでしょう？　隣国からの使者を望めない以上、向こうの姫君を迎え入れることは難しいわ」

青い瞳がじっとケビンを見つめる。

「それに向こうだって、いつまでも待ってくれないわ」

それはケビンもわかっていることだ。

「では、母上はこの話に賛成なのですか？」

「セルデン大臣の思惑はともかく、スチュワート家を王族派に取り込めるなら悪くはないと思っています。彼女は元々、あなたの婚約者候補に入っていたくらいですしね。打診をする前にオルセン家に取られてしまったけれど……。巡り巡ってまた候補に挙がるのなら、これも何かの縁なのでしょう。第一、国内にはめぼしい令嬢もいないですからね。あなたがだらだらと決断を延ばしているせいですよ」

ヨハンナに睨まれ、ケビンは目を逸らした。

数年前からフォステール王国では魔物の問題が大きくなっている。そのため、他国との交易が滞っており、リンベルクから王女を迎え入れる話も難しくなってきた。

ヨハンナからはどうするのかと、再三せっつかれてきたが、ケビンはその問題を先送りにしてきた。その間に他の王妃候補者の令嬢たちは年頃になり、すでに輿入れしてしまっている。今まではのらりくらりと躱してきたが、年齢的にも、いよいよ難しくなってきたようだ。

(まずいな……。よりにもよって候補者にメラニー嬢が挙がるとは……)

相手がケビンの親友の婚約者ということを除けば、外聞的には理想的な人材だ。だが、ケビンの心にはリンベルクの王女がいる。

ケビンは頭をフル回転させ、どうにか回避する方法を探した。

「お言葉ですが、メラニー・スチュワートは王妃候補には相応しくありません」

「あら、キッパリ言うのね。どういう子なの？」

「確かに面白い才能の持ち主ですが、性格的に王妃という立場にはあまりにも大人しすぎます」

特殊な才能を持ち、いざという時は勇気を奮って前に出る豪胆さも持ち合わせている二面性があるが、基本的に人見知りのところがある控えめな少女だ。

その純真で素直な性格は彼女の美点だが、それは王妃という立場では致命的な欠点だ。

陰謀渦巻く王政で彼女が生きていけると思えない。結婚相手として、庇護欲を満たしたいのならば彼女でもいいかもしれないが、ケビンが求めるのは、いたいけな可愛らしさではなく、共に政策を進めることのできる相棒だ。どう考えてもメラニーに王妃の立場は荷が重いだろう。

そう考えて、ふとユスティーナがこの結婚話を進めている理由に合点がいった。

社交を苦手とするメラニーが王妃になったところで、周囲から孤立するのは目に見えている。孤立した彼女が精神的に不安定になったところを懐柔するつもりなのだろう。人の弱みにつけ込むのはユスティーナの得意分野だ。なんとも姉が考えそうなことである。

「……社交界にあまり顔を出さない娘とは聞いていたけど、あなたが言うのなら、そうなのね」

ケビンの感想を聞いて、残念そうにヨハンナはため息を吐く。

「ちなみにこのお話は父上の耳に入っているのでしょうか？」

「いいえ。その前にあなたの意見を聞いておこうと思って、まだ私のところで止めているわ」

「良かったです。では、このお話は母上の胸に留めておいてください」

「いいえ、陛下にはお伝えしておきます」

「母上っ！」

「いいですか、ケビン。あなたもいい加減、いい歳なのよ。これ以上、結婚を先延ばしにするわけにはいかないわ。あと一年待ってあげます。スチュワートの娘が嫌なら、早く別の候補者を見つけてきなさい」

ピシャリと突き返され、ケビンは呆然とする。

まさか、結婚を先延ばしにしていたツケがこんな形で返ってくるとは思ってもいなかった。

（……これは、まずいことになったぞ）

第一章　婚約解消の危機

春先に行われた祈年祭から数ヶ月が経っていた。

メラニーは再び城壁へと赴いていた。

カンカンと照り出した陽光とは逆に、薄暗い城壁の中はひんやりとしている。だが、寒気を感じるのは中の気温が涼しいからというだけではない。

目の前の高い壁を見上げ、メラニーは感嘆の息を漏らす。

視界いっぱいに広がるのは壁全体に描かれた巨大な魔法陣だ。迫力と共に、古代の叡智が詰まった魔法陣に畏怖を覚える。

今から何百年も昔、この国を創建した初代フォステール王の時代に作られたものだ。こんなものが王都の周囲を守る城壁の中に眠っていたことを、つい最近まで誰も知らなかったというのだから驚きだ。

不意にお腹の辺りからモゾリと動く気配がして、メラニーはハッと意識を戻した。

肩から下げていた鞄を開けると、白い蛇が顔を出す。

メラニーの使い魔のメルルだ。

「メルル？　どうかした？」

鞄の中から頭を出すメルルの視線の先を追うと、ちょうど廊下で見張りをしていた兵士が交代をしているところだった。兵士の動く気配を察知して顔を出したのだろう。メルルは危険がないことを察すると、また鞄の中に戻っていった。

この魔法陣を発見した際、ここは隠し部屋となっていたが、今は廊下に繋がる壁の一部が壊されており、関係者以外立ち入らないよう、こうして見張りの兵士が監視していた。

少し前までは、この魔法陣を調べるために多くの宮廷魔術師が出入りしていたが、今はほとんどここに来るものはいないので、彼らも暇そうに見える。クインの話では、そのうち魔法陣保管のために出入り口の壁を作り直すそうだ。

「オーリー。そっちはどうだ？」

「ああ。これくらいで十分じゃろう。そっちは終わったか、バーリー」

二人の老魔術師の会話が聞こえ、メラニーは壁の方へ視線を戻した。

壁に引っ付くようにして作業をしているのは、バーリーとオーリーの凸凹老魔術師コンビだ。

彼らは今、専門の道具を使って巨大な魔法陣の一部から塗料を削っている最中だった。

魔法陣に使われた塗料を解析し、どんな素材を使って描かれたか調べるそうだ。

最初はメラニーも手伝おうとしたのだが、専門的なことはまったくわからず、結局彼らの作業を見学しているだけである。

「これで終わりですか？」

メラニーが声をかけると、梯子に登って高い位置の塗料を採取していたバーリーが降りてきた。

「ああ。とりあえずはこれだけあればいいだろう。幸い保存状態は良いからな。解析に使えそうだ。……熱心に魔法陣を見ていたようだが、改めて何か気づいたことはあるか？」

「いいえ。残念ながら」

「そうか。嬢ちゃんでも難しいか。やはり、古代魔術の解読は容易ではないのぅ」

二人は揃ってため息を吐く。

古代語が読めるメラニーを彼らは高く買ってくれているが、メラニーも独学で学んでいるため、古代魔術についてわからないことは多い。

「塗料の解析で活路が見えればいいが」

「最近は解読の方も行き詰まっておるからのう。ディーノなんかは、やることがないからと言って、クインたちと一緒に遠征に行ってしまうし……。まったく。仕事から逃げおって、けしからん奴じゃ」

「その遠征組もそろそろ帰ってくる頃か？」

「予定では昨日帰宅のはずなのですが……。少し長引いているようです」

メラニーはクインから貰った指輪を撫で、ため息を吐く。

魔法陣作製の指揮を執るクインだったが、魔術師団の仕事で数日前から王都近郊の魔物討伐に出かけていた。国一番の魔術師と謳われるクインの実力は信頼しているが、婚約者としてはやはり心配である。

「そういえば、ディーノさんは元々魔術師団を希望されていましたよね。このまま、そちらに移るのでしょうか？」

「いや、あいつはクインのそばに居られればどこでもいいと公言しておったぞ」

「では、どうして今回の遠征に参加を？」

するとオーリーとバーリーは意味ありげな目をメラニーに向けた。

「……まぁ、あやつにも色々思うことはあるじゃろうて」

「？」

何のことだろうと首を傾げると、バーリーがメラニーの肩をポンと叩いた。

「まだまだあいつも新米だからな。色々な経験を積む時期ってことだ。——さて、作業も終わったし、そろそろ城に戻るか」

「そうじゃの」

二人が片付けをしている間、メラニーは最後にもう一度魔法陣を目に焼き付ける。

（私もいつか——この魔法陣のような、多くの人の役に立てるものを作りたい）

しかし、その目標はこの壁のようにまだまだ高く感じた。

メラニーたちは城の裏手にある宮廷魔術師の研究施設へと戻った。すると、玄関のホールで数台の馬車が並んでいる姿を見つける。

「討伐に行っていた連中が帰ってきたみたいじゃな。——おう、デリック。討伐は無事に終わったか？」

オーリーが、馬車から降り立った中年の魔術師に声をかけた。

「これはオーリーさん。それにバーリーさんと、スチュワートさんもご一緒でしたか」

「こ、こんにちは」

デリックはクインと同じ魔術師団のメンバーの一人で、隊の副団長を務めているベテラン魔術師だ。もみあげから顎まで繋がった無精髭に加え、頬には大きな傷痕もあり、一見すると怖い印象を持つが、その物腰は柔らかだ。年下のクインに対しても偉ぶることはなく、副団長として隊を上手くまとめてくれる頼りになる存在らしい。

クインが城壁の魔法陣の仕事を兼務することになってからは、魔術師団の仕事の打ち合わせのため、よくクインの下を訪れていた。その関係でメラニーも面識があった。

「あ、あの……クイン様はお戻りになっていますか？」

「ブランシェットさんなら、後から来る救護車に乗られていますよ」

「えっ⁉　クイン様、どこかお怪我でもされたのですか⁉」

一気に全身から血の気が引く。

「だ、大丈夫なんですか⁉　怪我の程度は⁉」

「お、落ち着いてください、スチュワートさん」

デリックに詰め寄っていると、そこへ見計らったように救護用の大型の馬車が到着した。

「――メラニー？」

一番初めに馬車から降りてきたのは、クインだった。

「クイン様！　お怪我はありませんか⁉」

勢いよく駆け寄ると、クインが驚いた様子でメラニーを受け止める。

「怪我？」

「え？　あれ？」

上から下まで見るが、怪我をした様子は見受けられなかった。

すると、後ろからやってきたデリックが困ったように言う。

「スチュワートさん。怪我をされたのは別の方です。ブランシェットさんはその付き添いです」

それを聞いて、ヘナヘナと体から力が抜けた。

「おっと、大丈夫か？」

「良かった……」

安堵するメラニーを支えながら、クインはまんざらでもない表情で微笑む。

「なんだ、私を心配してくれたのか。ありがとう。私なら無事だ」

「――クイン様」

見つめあっていると、ゴホンと咳払いが聞こえた。

「すみません、ブランシェット様。怪我人を降ろしたいのですが……」

馬車から顔を出した宮廷魔術師に遠慮気味に声をかけられ、メラニーたちは慌てて横に避けた。何名かの怪我人が運ばれていく。

（魔術師団の方でも怪我をされるなんて――。遠征って、やっぱり危険な任務なんだわ）

胸を痛めていると、最後に腕に包帯を巻いたディーノが姿を現した。

「え、ディーノさん!?」

「おいおいどうした、その怪我は？」

「なんじゃ、怪我をしたのはディーノの方じゃったか」

メラニーたちが驚いていると、ディーノは恥ずかしそうにそっぽを向いた。

「……少し、しくじっただけだよ。そんなに大袈裟に驚かないでよ」

「その様子だと大した怪我じゃなさそうじゃな。初陣を飾ろうと無茶でもしたか？」

「オーリーさん、見てきたように言わないでください！」

図星だったのか、ディーノが顔を真っ赤にさせて叫ぶ。

「だが、魔物に対して怯まないのはディーノの強みだな。あとは経験を積むだけだ」

「クイン様！」

クインのフォローにディーノは目を輝かせる。褒められて嬉しそうだ。

その様子に少しだけ嫉妬心が芽生えた。危険な任務というのはわかるが、クインと一緒に遠征に行けるディーノがちょっぴり羨ましい。

「では、俺はこれで。ブランシェットさん、あとで報告書をお願いします」

「ああ、わかった」

デリックと別れ、クインたちと一緒に古代魔術研究室へ戻ることになった。

「遠征はどうでしたか？」

「少し手こずったな。やはり以前と比べても魔物が活発化しているようだ」

「僕も、王都の外があんなに魔物だらけなんて思ってもなかったよ。目的の町に着くまでの道中でも魔物に遭遇するし、移動だけでも大変だったな」

クインとディーノの話から、昨今の魔物の増加問題は深刻なことが窺われた。

研究室に辿り着くと、荷物を置いて一息つく。

「やっぱり、静かな部屋は落ち着くのぅ」

がらんとした部屋の中を見回し、オーリーがしみじみと言った。

「私は何だかまだ落ち着かない気分です」

「あれだけの魔術師がごった返していたからな。無理もない」

少し前まで守護の魔法陣の試作品作りのために、大勢の宮廷魔術師たちがこの部屋に詰めていたのが、嘘のようである。

春先に行った発表が成功し、国の正式な事業として許可が下りたことで、メラニーたちの研究は更に多くの人員を導入することになった。そのため、事業を細分化し、複数の部屋に分かれて研究を行っている。

ちなみに、メラニーたちは城壁の古代魔法陣の解析を担っている。

「魔法陣の改良班の方は楽しそうでいいのう」

オーリーが羨ましそうに呟くと、ディーノが部屋の至る所に積み上げられた書物の山を見て、肩を竦める。

「こっちはひたすら古い本と睨めっこですもんね。いい加減、飽きましたよ」

「遠征に逃げたお前が言うのか？」

バーリーがディーノの頭を片手でわしっと掴み、ぐるぐると回した。

「ぎゃあ！　痛い痛いっ！　だって、僕、古代語読めないから雑用ばかりなんだもん！仕方ないじゃないですか！」

そんな騒(さわ)がしい彼らの会話を聞いて、クインがメラニーに謝った。

「本来なら、魔法陣の考案者である君は事業の中心でいるべきなのに、蚊帳(かや)の外に置いているようで、すまない」

「クイン！　嬢(じょう)ちゃんだけでなく儂(わし)らにも言え」

オーリーが叫ぶが、クインはさらりと無視をしてメラニーを心配そうに見つめた。

「だが、王女の内通者がいるかもしれないと考えると、他(ほか)の人間から距離(きょり)をとった方がいいだろう」

「例の内通者の話か。本当に宮廷魔術師の中に王女側の内通者がいるのか？」

バーリーがディーノの頭から手を離(はな)し、フンと鼻を鳴らす。

「確証はない。だが、魔法陣を試す場に、森に生息しないはずのグランウルスが現れたのはどう考えてもおかしい。妨害(ぼうがい)目的に放たれたと見て間違(まちが)いないだろう。間者がいる可能性は高い」

「きな臭(くさ)い話じゃの」

急に重苦しい空気になってしまい、メラニーはオロオロとクインのローブを引っ張った。

「あの、クイン様。私なら大丈夫です。それに守護の魔法陣をもっと良くするためにも、城壁の魔法陣の解析を行うことは大切ですから」

オーリーたちには申し訳ないが、大勢に囲まれるのが苦手なので、調べ物に専念できる今の方がずっと気が楽であった。それに、城の王宮図書館に眠る古文書が読めるのは、本好きのメラニーにとって楽しい作業だった。

「だが、それもめぼしい進展もないがな」

バーリーの言うように、最初の頃はいくつか新しい発見もあり、数個の魔法式の解析に成功したが、ここ最近は行き詰まりを見せていた。

（スチュワート家にあった古文書もほとんど調べ尽くしているし。……意外と古代魔術に関する資料って残っていないのよね）

城壁の魔法陣にあまり関与していなかったのか、メラニーの家にも大した資料はなかった。だが、それでも他の家よりは古文書関係の所蔵は多いだろう。

「もう一度、実家の方で探してみましょうか？」

「あるいは、魔法学校の方が資料が残っているかもしれないな。ダリウス教授にも当たってみるか」

「叔父様なら何か知っているかもしれませんね」

「あとは城壁の魔法陣の塗料の解析に進展があることを願うばかりだな」

バーリーがそう言って、鞄から採取したばかりの塗料を取り出し、テーブルの上に並べた。ディーノがそれを興味深そうに見つめる。

「塗料の解析？　もしかして、三人で出かけていたの？」

「はい。例の魔法陣に使われていた塗料を調べるために城壁へ行って来ました」

「参考になりそうか？」

クインが訊ねると、バーリーは逞しい腕を組みながら唸る。

「古い遺物だ。上手くいくかどうかはわからん。解析も時間はかかるだろう」

「じゃあ、それまではまた調べ物の日々か……」

うんざりしたようにディーノがため息を吐く。

その時、部屋のドアがノックされた。

「やぁやぁ！　諸君、ご機嫌よう。元気にしてる？」

部屋の重い空気を吹き飛ばすかのように、明るい声が飛び込んできた。

「カレンさん？」

やってきたのはイーデン学者協会のカレンだった。いつもは派手な格好をすることが多い彼女だが、今日は学者協会の制服である黒の短ローブを身に纏っていた。

「どうしてこちらに？」

「ラダールがここに来るって言ったから、ついでにね。おーい、ラダール博士。早く」

そう言って、カレンは廊下に向かって手を振った。

「一人だけスタスタと歩いていきおって！　こっちは荷物を抱えているんだぞ！」

文句を言いながら、浅黒い肌をした壮年の男性が両手に本を抱えて顔を出した。カレンと同じくイーデン学者協会に所属する歴史学者のラダールだ。

「頼まれた書物を持ってきたぞ。これでいいのか？」

「おお、それじゃ。ああ！　ちょっと待て。ここで広げると、他の本と交ざるとまずい。隣の空室で読もう。バーリー、そっちの本を頼む」

ラダールの登場にオーリーは椅子から飛び降りた。

「わかった。ディーノも本を運ぶのを手伝ってくれ」

「ええ、僕ですか？　まったく人使いが荒いんだから。僕怪我人なのに……」

ブツクサと文句を言いながらも、ディーノも研究室から出ていった。

オーリーとバーリーは古い歴史を専門にしているラダールとは随分打ち解けたようで、こうして時折互いの参考書を貸し借りしているらしい。

彼らが出ていくと、途端に部屋の中が静かになった。

代わりにカレンが空いている椅子に座る。

「はー。疲れた」

「疲れた顔をしているなんて、珍しいな。今日は何かあったのか？」

「この格好を見ればわかるだろう？　城での定例会議だよ」

カレンは煩わしそうに、黒のローブをひらひらと揺らす。

年に数度、国の大きな協会組織などが集まる会議があるらしく、カレンはイーデン学者協会の代表としてその会議に出席したそうだ。

「今、物流がかなり悪いからどこも大変そうでさ。どの代表者もお偉いさんに突っかかって大騒ぎだったよ」

昨今の魔物増加による物流の滞りはどこでも問題になっているようだ。

カレンは頭を上げ、チラリとメラニーを見つめた。

「うちの研究員が行っている宮廷魔術師との共同研究を早く進めてくれって、うちにまで飛び火してさ。大変だったよ」

「す、すみません！」

「いや、メラニーが謝ることではないだろう」

「そうそう。それだけ皆が期待している研究ってことだよ」

「でも……まだ何も成果を出していないのですし」

「いやいや、まだ事業を始めて数ヶ月だよ。そんなに焦らなくて大丈夫だって」

「カレンの言う通りだ。寧ろ、城壁の魔法陣を発見し、それを元に新たな魔法陣を作っただけでも十分すぎる働きだ。君はよくやっている」

二人は落ち込むメラニーを励ました。そうは言っても、クインとカレンのおかげで学者協会に所属しながら、宮廷魔術師と共同研究ができているのだ。実用的な成果を出していない焦りはなかなか消えない。

「カレン。学者協会の方はどうだ？　メラニー目当ての貴族たちがやってきていると聞いたが」

　魔術品評会の一件もあり、メラニーに興味を持つ貴族は多い。そんなメラニーが民間の学者協会に所属したことで、学者協会に接触しようとしている貴族が出てきたそうだ。

「ああ、そっちは大丈夫。スチュワート侯爵夫妻が裏で手を回してくれたみたいで、よその派閥の貴族は近づけないみたいだね」

「ご迷惑をおかけしてすみません」

「迷惑だなんてとんでもない！　メラニー君のご両親が多額の支援金を出してくれるおかげで、我がイーデン学者協会の経営は助かっているんだ。それより、メラニー君の方は大丈夫かい？　民間組織に入ったことで色々言われているみたいだけど……」

　普通、貴族の令嬢が民間の機関に所属することはない。しかも、メラニーはクインの弟子だ。国一番の実力を持った宮廷魔術師の弟子が、よその機関の研究員になることも異例中の異例である。クインと同じ宮廷魔術師にならないのか、揶揄されることもあった。

「私はクイン様がそばにいるので、誰に何を言われても平気です」

　メラニーは薬指に嵌めた指輪に触れ、クインを見つめた。そんなメラニーを見て、クインも微笑む。

「君は強くなったな」

少し前までのメラニーだったら、他人の噂や評価に対してクヨクヨと落ち込んでいただろう。だけど、今のメラニーには自分を信じてくれているクインがいた。それだけで心強い。

「いやー、益々絆が深まっているみたいだね」

見つめ合うメラニーたちを見て、カレンがニヤニヤと笑った。

「カ、カレンさん。からかわないでください！」

「ごめんごめん。だってさー、変な噂を耳にしたんだもん」

「……変な噂？」

思わずクインと顔を見合わせる。

一体何のことだろうか？

「あれ？　その様子だと何も知らないの？　じゃあ、本当にただの噂なんだね」

「何の話だ、カレン？」

クインが眉間に皺を寄せて訊ねると、カレンは苦笑いを浮かべて顔を引き攣らせた。

「聞かない方がいいと思うけど？」

「……」

「わかったよ！　そんな顔で睨まないでくれよ。はぁ。実は……メラニー君がクイン君との婚約を解消して、ケビン殿下と結婚するって話を聞いてさ……」

「な、な、な、なんですか、その噂っ⁉」

「カレン！　どういうことだ！」

「だから聞かない方がいいって言っただろう。それに私に聞かれても困るよ」

（私がケビン王子と結婚⁉　しかもクイン様と別れて？？？）

絶対にありえないことだ。どうしてそんな噂が流れているのだろうか。

「というか、クイン君はケビン殿下と仲がいいじゃないか。聞いていないのかい？」

「……そういえば、遠征が終わり次第、メラニーと一緒に顔を出すように言われていたな。まさか、その話か？」

メラニーはクインと顔を見合わせる。

何だか、非常に嫌な予感がした。


ケビンから呼び出しを受け、メラニーとクインは城の一室を訪れていた。

ソファに向かい合う形で座った三人の前に紅茶が置かれると、ケビンが使用人たちを部屋から追い出した。ピリピリとした空気の中、眉間に皺を寄せたクインが口を開く。

「——それで？　なぜ、こんなことになっているんだ？」

「これに関してはすまないと思っている。私としても今回の一件は、寝耳に水の話だ。知らされた時はすでに話が進んだ後だった」

「謝罪や言い訳を聞きたいわけじゃない」

声を低くしたクインに睨まれ、ケビンは首を竦める。どうやら、事実無根の噂というわけではないようだ。なんだか主従関係がすっかり逆転してしまっている二人を見比べながら、メラニーも控えめに口を開く。

「あ、あの――。どこから、そのような話が？　私はクイン様の婚約者なのに……」

その問いに、ケビンはため息交じりに答えた。

「セルデン大臣とその周りの者だ」

「なんだと？」

思わぬ名前にクインが目を剝いた。

セルデン大臣とはつい最近、一悶着あったばかりである。宮廷魔術師を道具のように扱おうとする大臣で、クインとは過去に何度か衝突があったらしい。

「なぜ、セルデン大臣が？　理由がわかりません」

メラニーが首を傾げていると、隣でクインがボソリと呟いた。

「私への腹いせか？」

「それもあるだろうな。宮廷魔術師として活躍しているお前の存在を疎ましいと思っている連中は意外と多い。守護の魔法陣の功績も相まって、お前の株が上がっていることが面白くないのだろう」

「でも、セルデン大臣はユスティーナ様の派閥に入っているんですよね。サロンに勧誘しようとした私を、敵対するケビン様の結婚相手に推薦するでしょうか？」

体が弱いせいで表舞台には滅多に姿を出すことのない王女だったが、どういうわけかメラニーに興味を持っているようだった。

しかし、森での魔法陣お披露目以来会っていないので、てっきりもう興味を失ったものだと思っていたのだが……。それとも興味がなくなったから、ケビンの結婚相手に推薦したのだろうか。

すると、ケビンは神妙な表情を浮かべた。

「いや、姉上こそが、今回の一件の黒幕だ」

「どういうことだ？　王女にメリットがあるとは思えないが？　寧ろ、王女はメラニーを欲しがっていたはずだが……」

クインの言葉にメラニーもコクコクと頷く。

だが、ケビンは首を緩く横に振る。

「一番の目的は、私とクインを仲違いさせることにあるようだ」

「え？　仲違い？」

「実情はともかく、お前は私の派閥の主要人物だ。そのお前の婚約者を私が奪うとなれば、私たちの対立は免れないだろう。それに臣下の婚約者を奪い取ったとなれば、私の心証も悪くなる。姉上の狙いはそこだろうと見ている」

　クインは国一番の宮廷魔術師として国民からの名声も高い。そんな臣下の婚約者を奪い取れば、ケビンの評判は相当落ちることになるだろう。ユスティーナの目論見はそこにあるとケビンは言う。

「更に考えるならば、クインから王子である私に乗り換えれば、メラニー嬢も世間から良くは見られないだろうな。よほど上手く立ち振る舞わなければ社交界から孤立する未来が見えている。姉上のことだ。孤立した君を自分の派閥に入れようとでも考えているのではないかな。姉上はまだ君のことを諦めていないようだから」

　青い目が真っ直ぐメラニーを見据える。

　その瞳はユスティーナ王女と同じ色だ。

　儚げで麗しい美貌と優しい声色を巧みに操り、人の心を操る才能に長けた王女。

　多くの信者に囲まれたユスティーナを思い出し、体が震えた。

「姉上は一度目をつけたら、しつこいからな。今回のことも、メラニー嬢を拐かすための作戦だろう」

「そ、そんな……」

「それに、私を困らせることが何よりも好きなんだ。本当に困った人だよ……。——ということで、このままでは本当に私と結婚させられてしまうぞ。私個人の感情はともかく、スチュワート家の娘を王族に引き入れるというのは悪くない話ではある」

澄ました顔でケビンがメラニーを見つめた。

「君の方はどうだ？　そこの朴念仁を見限って、私と結婚するか？」

「嫌です！　私はクイン様との婚約を解消する気はありません！」

メラニーが泣きそうになりながら訴えると、ケビンは大袈裟に肩を竦めた。

「ふむ。どうやら、振られたようだ」

「良かったな、クイン。捨てられなくて」

面と向かって断られたのに、非常に嬉しそうだ。

ニヤニヤと笑うケビンに対し、クインは不快そうに眉間に皺を寄せた。

「……そうだな。私としても第一王子に喧嘩を売りたくない」

「怖いことをさらりと言うな！」

お前が言うと冗談に聞こえないんだ、とケビンはブツブツと文句を言う。

「で、では、このお話はなかったことに……」

「そうできたら苦労しない。もうすでに話が国王陛下にも伝わってしまっている」

「そんなっ！　私たちの誰も望んでいないのに、あんまりです！」

「我々の心情など政治に比べれば二の次だ。いくら拒否をしようと、王命が下ればわからないぞ。このまま話が進んで正式にスチュワート家に打診が入れば、どうなることか。君の両親は王族から距離をとっているが、一族のすべてがそうとは限らないだろう？」

その言葉に、あまり関係がいいと言えない親族たちの顔が複数名浮かんだ。

スチュワート一族もそれなりに多くおり、直系であるメラニーの両親の発言権は大きいが、それを面白く思わない親戚もいる。そんな親戚たちにとって、直系の娘なのに魔力がほとんどないメラニーは昔から攻撃の的だった。クインと婚約し、有名になったことで、手のひらを返して懇意になりたいと言い出していると母からも聞いている。もし、彼らがこの話を聞けば、どんなことをするかわからなかった。

「……王族側は賛成しているのか？」

「平々といったところか」

クインの問いにケビンはチラリとメラニーに視線を向ける。

「さっきも言ったように、名家であるスチュワートの家柄というのは大きいな。それに、ここ最近、君はあまりにも目立ち過ぎた。魔術品評会で見せた魔術に、宮廷魔術師との共同研究。どちらとも大きな話題になっている」

「それは……」

「もちろん、それを普通の令嬢らしくないと、批判している者もいる。特に君が民間組織

であるイーデン学者協会に所属していることを問題視している声は大きいな。おかげで反対派も多く、助かるよ」

民間組織に所属することについて、周りから令嬢らしくないと言われるから覚悟をしておくようにと父から言われたことがあったが、まさかケビン王子との結婚に難色を示される理由になるとは思わなかった。協会に誘ってくれたカレンに感謝だ。

「それにスチュワート家を王族が制御できるのか、疑問視している声も大きい。逆にとって食われる可能性もあるからな」

「だろうな」

「以上の理由から、賛成派と反対派がぶつかり合っている状態だ。もちろん、私も反対している。そもそもの話、メラニー嬢は社交が苦手だろう？　どう考えても将来の王妃の器ではない」

「そ、その通りです……」

身も蓋もなく言われ、グサリと胸に刺さる。

だが、メラニー自身も王妃教育など絶対に無理だと思った。

社交が得意な令嬢だったなら、元婚約者のジュリアンと結婚していただろう。

「これらの実情を吟味して、母上が賛成派の動きを止めてくれている。しかし、猶予はない。どうにかして、この話を反故にしなければ」

「そもそも、こんな話になる前に、さっさと相手を決めておけば良かったんだ」

　不快そうにクインは鼻を鳴らした。

「メラニー嬢に会うまで相手を作ろうとしなかったお前が言うな！」

　すかさず吠えたケビンだったが、次の瞬間にはソファの背に体を預けて、憮然とした様子でボソリと呟いた。

「……それに相手ならいる」

「隣国の姫か」

「隣国……？」

　そういえば、ケビンは隣国リンベルクのフレデリカ王女と婚約していたことを思い出す。過去に何度かフォステールに来訪したことがあったはずだが、メラニーが社交界を欠席しがちだったため、残念ながら顔は知らない。

「そ、そうですよ！　その婚約はどうなったのですか？」

　メラニーが身を乗り出して問いかけると、ケビンは首を横に振った。

「白紙に近い状態になっている」

「白紙って……。どうしてですか？」

「君も知っているだろう？　交易路に魔物が増えて、今はリンベルクとの交易が途絶えている」

「あっ……」

メラニーが守護の魔法陣を作った理由も、この問題を解決したいと思ったことが発端だ。

ケビンもまたこの事業に期待を寄せている一人だった。

「リンベルクとしても我が国と繋がりを持ちたい気持ちはあるようだが、今は使者を送ることもままならない状態だ。王女を送り出すのは危険すぎると判断したようだ」

「……そんな」

「だが、まだ正式に婚約がなくなったわけではない。フレデリカ王女もそれは望んでいないからな。だが、いつまでも待ってはくれないだろう。母上からは、フレデリカ王女に限らず、一年以内に結婚相手を連れて来なければ、君との結婚を進めると言われた」

「い、一年……」

あまりの短さに頭がクラクラとした。

「メラニー以外で相手を探せ」

「無茶を言うな！　それに私はフレデリカ王女以外を娶る気はない」

ケビンはキッパリと宣言した。

「私にとって彼女は隣に立ってほしい唯一の女性だ。婚約が事実上白紙になっているにもかかわらず、未だ結婚もせずに待ってくれているんだ。私の方でそれを裏切るわけにはいかない」

フレデリカのことを話すケビンの顔は真剣だった。

（離れていても、お互いを思い合っているのね。なんて素敵な関係なのかしら……）

思わず感動していると、柄にもないことを言って照れたのか、ケビンはコホンと咳払いをする。

「彼女をフォステールに迎えるためにも、守護の魔法陣の実用化をお願いしたいところだが、研究の方はどうなっている？」

「急ぐと言っても難しいな。やっと人員を増やすことができたとはいえ、改良には時間がかかる」

「そうですね。私の方も城壁の魔法陣について調べているのですが、行き詰まっている状態です……」

ケビンには事業のために便宜を図ってもらっているというのに、大した成果を出せなくて申し訳ない気持ちになる。

「……そうか。元々長期事業になることはわかっていたからな。仕方ない。だが、すぐに何か役立てる方法があれば良いんだが。……例えば、交易路に魔法陣を敷くわけにはいかないのか？」

「魔法陣の効果があるのは一定の範囲だ。危険な範囲だけ設置するにしても、数も必要だし、現実的ではないな。普通の魔法陣とは違い、守護の魔法陣はサイズも大きい。運搬にしろ、設置にしろ、考慮する点が多い」

　クインの言う通り、森で試作品を披露する際、魔法陣を運ぶだけでも大変だった。

「そうでしたね。あの時はせめてもう少し小さければ、馬車の荷台に広げたまま運べるのにと思いましたもの」

「……馬車に載せられる大きさか」

　メラニーの言葉にクインが何やら考え込む。

　一方で、ケビンは前髪を掻き、ため息を吐いた。

「なかなか、難しいということだな。……わかった。では、別のことを頼むとしよう。今日は元々、これを頼むつもりでお前たちを呼び出したんだ」

「何だ？」

「グナーツ領への遠征だ」

「……グナーツ。それって、クイン様のご実家があるところですよね？」

　顔を向けると、クインは驚いた様子でケビンを見つめていた。

「以前から度々、魔物に関する報告を受けてきたが、王都から離れた辺境ということもあり、なかなか兵を送ることができなかった。クインにもすまなく思っている」

　ケビンが申し訳なさそうに謝罪する。

　クインの父親はグナーツを守る領主である。

婚約が決まってから今まで手紙でのやり取りしかできず、まだ直接会えていなかった。いつかはご挨拶をと思っていたが、クインの両親が王都に来ることは難しい理由があって、実現できていなかった。

その理由というのが、グナーツ周辺の魔物問題である。

グナーツはフォステールの玄関口の一つで、ケビン王子の婚約者がいるリンベルクと繋がっている交易路がある。だが、近年魔物が多く出現しているため、今はグナーツとリンベルク間の交易路が封鎖状態となっているのだ。そのせいで領地の運営が大変なことになり、クインの両親はグナーツから離れることができないそうだ。

交易路封鎖の件でグナーツが大変な状況にあるということは、メラニーも最近知ったばかりである。クインも両親のことを心配しており、一刻も早い遠征を望んでいた。

「交易路に出没し続ける魔物の問題を解決してほしい。そうすればフレデリカ王女と婚約を結び直せるし、メラニー嬢と結婚することもない」

「それは個人的な依頼ではなく、王子としての依頼か？」

「友人としての頼みでもあり、王子としての依頼でもある。魔術師団を率いて、グナーツへ行ってくれないか？」

「――わかった。引き受けよう。だが……」

クインがこちらをチラリと見る。

「その間、メラニーを一人にしておくのは……」

「一緒に連れて行けばいいだろう。私としても、二人が王都から離れてくれた方が動きやすい。当事者がいなければ、進む話も進まないからな。仮に、お前が婚約者を置いて王都を離れれば余計に話が拗れそうだ」

「……それもそうだな」

クインは小さく息を吐くと、メラニーへと向き直る。

「グナーツまでは長旅になるし、向こうも魔物が出て危険だ。それでも一緒についてきてくれるか？」

クインの紫色の瞳が不安げに揺れた。

メラニーはクインの手に触れ、頷く。

「もちろんです。ご両親にもご挨拶をしたいですし、クイン様の生まれ育った故郷を見せてください」

「ああ。わかった」

少しだけ困ったように、クインが微笑み、メラニーの手を握り返す。

そんな二人を見て、ケビンが晴れやかな笑みを見せた。

「なら、決まりだな。グナーツの魔物問題を解決して、リンベルクとの交易路を再開させてくれ。よろしく頼んだぞ」

第二章　グナーツ領

　こうして、クインの両親がいるグナーツ領へ向かうことになったメラニーは、早速旅の準備に取りかかった。

　グナーツは王都から遠く離れた、国境に位置する領地である。まともに王都の外へ出たことがないメラニーにとって、初めての長旅となる。

　ちなみに両親に旅のことを伝えたら、しっかりとお小言をもらった。

『今度はケビン殿下との婚約話が持ち上がるなんて、困ったこと。あなたは、どうしてこう騒ぎを連れてくるのかしら？　こっちの方は私たちが何とかしておきますから、向こうの親御さんにしっかり挨拶をしてらっしゃい。長旅になりますから準備は念入りにね』

　このままでは王子と結婚させられてしまうと聞いて、両親もメラニーの遠征同行に賛成してくれた。メラニーが王都を離れている間に対策をしてくれるらしい。

　また、旅には侍女のマリアも同行してくれることになっており、頼もしい限りだった。

「お嬢様？　なぜ旅支度をするのに工房に籠られるのですか？」

「だって、旅の準備をするんでしょう？　グナーツまでの道中だって何が起こるかわからないもの。回復薬に傷薬、解毒薬と腹痛に効く薬に……、あとは何が必要かしら？」

指を折って、旅に持っていくものを列挙するメラニーをマリアが呆れた眼差しで見つめる。

「まるでお店が開けそうですね」

そこへ、城から帰ってきたクインが現れた。

「メラニー。遠征の日程が決まったぞ」

「クイン様、お帰りなさいませ。もう日程が決まったのですか？　早いですね」

「ああ。前々からグナーツ遠征の話は出ていたからな。あとはメンバー決めくらいだ。出立の日まであまり時間がないが、準備の方は大丈夫そうか？」

「ええ。ちょうど、今も旅に持っていくためのお薬を作ろうと思っているところです」

「メラニー様の場合、少し張り切り過ぎだと思いますけど……」

マリアが苦言を呈するが、クインはテーブルに並んだ調合材料を見て、ふむと頷いた。

「なるほど、薬の調合か。何かあった時のために用意しておくのはいいだろう。もちろん、君のことは私が守るが、予期しない事態が起こることもある。私も手伝おう」

「よろしいのですか！」

一緒に作業と聞いて、メラニーは目を輝かせる。

「はぁ。まったく、お二人とも似たもの同士なんですから……。では、私はお嬢様の分まで旅の支度をして参ります。出立まであまり時間がないようですし」

「よろしくお願いね、マリア」

呆れた様子でマリアが工房を出ていった。

「では、早速始めるとしよう。どうせなら、いつもより難易度の高い薬を作るか」

「はい！」

久しぶりのクインと二人きりの作業にメラニーは心を躍らせ、準備に取りかかった。

まず初めに解毒薬を作ることになり、材料の処理をする。

「ところで、クイン様はお仕事があるのに、準備の方は大丈夫なのですか？」

「ああ。いつもと同じ旅支度をするだけだからな。特に問題ない」

さすが一年の半分以上は遠征に出かけていただけのことはある。

メラニーは量り終えた木の実を鉢に入れると、すりこぎで潰す作業に入る。

「……ギリギリまで、お仕事が、ある、なんて……大変ですね。私だけお休みを、いただいて、よかったので、しょうか？」

なかなか硬い実で潰すのに苦戦していると、見かねたクインがすりこぎを取り上げた。

「貸してみなさい。私の場合は遠征でしばらく留守にするから、その間の引き継ぎが忙しいだけだ。特に君が気にする必要はない。……こんなものか」

クインは慣れた手つきで木の実を潰し終えると、メラニーに鉢を返す。

「これで下準備は整ったな。次はこっちの鍋で作業だ。前に一度やったが、入れる順番は覚えているか？」

「は、はい。えっと、最初に薬草を軽く火で炙ってから、潰した実を入れて……」

メラニーは記憶を頼りに材料を鍋に投入し、ヘラでゆっくりと掻き回す。この混ぜ方が重要なのだ。

慎重に鍋をかき混ぜていると、クインが目を細める。

「君も調合には大分慣れたようだな」

「本当ですか？」

「ああ、前より手つきが慣れてきた」

褒められて、飛び上がるほど嬉しくなる。これも魔法陣の作製の時に、たくさん調合作業をしたおかげかもしれない。自分でも少しは上達してきたかなと思っていたので、クインから言われると自信が持てた。

頬を緩ませ、上機嫌で鍋を掻き回すメラニーを、クインは苦笑しながら眺める。

あとは煮込んでいくだけの状態になり、メラニーは少し肩の力を抜いた。

「あの、クイン様のご両親はどんな方ですか？」

「両親か？　至って、普通の人たちだと思うが……。しいて言うのなら、父は真面目で仕事熱心な人で、母は誰に対しても気さくで明るい人だ。二人とも領民からも慕われている良い人たちだから、緊張する必要はない」

緊張していることがバレたのか、クインは安心させるように微笑んだ。

「周りを山と森で囲まれた自然豊かな小さな領地だが、国の玄関口とあって旅商人などの出入りが多いからか、田舎にしては活気があるし、町の人たちも大らかな人が多い。きっと君も気にいるはずだ」

グナーツのことを話すクインの表情はいつもより楽しそうだ。クインが生まれた町がどんな所なのか、とても興味が湧いた。だが、ケビンとの会話を思い出し、メラニーは顔を曇らせる。

「……自然が多いということは、その分、魔物も多いってことですよね」

「ああ、そうだな……。元々、グナーツは魔物が出やすい場所だ。だが、基本的に魔物は山や森に生息し、人里には滅多に降りてくるものではなかった。だから、交易路を通すことができたわけなのだが……。父から貰った手紙によると、去年あたりから魔物が人里まで降りてくるようになったらしい。魔物対策にも頭を悩ませているようだが、一番の痛手は交易路が封鎖されたことだな。行商も途絶え、領地の運営もかなり大変なことになっているそうだ」

両親のことが心配なのか、クインは不安げな眼差しで鍋の中を見つめた。そんな故郷を憂うクインの姿に胸が締め付けられる。

（──クイン様。……そうよね、ケビン様もグナーツの遠征(えんせい)が後回しになっていたことを謝っていたほどだもの。ずっと気になっていたはずだわ。それなのに、私は……）

旅に浮(う)かれていた自分が酷(ひど)く恥(は)ずかしく思えた。

「あの……。お薬をたくさん作って、グナーツの方々にお配りしてもよろしいですか？」

「薬をか？　それは助かると思うが……」

メラニーが何か自分にもできそうなことを考えて発言すると、クインは驚(おどろ)いたようにメラニーを見つめる。

「あ、あと。守護の魔法陣は役に立ちますでしょうか？　守れる範囲(はんい)は小さいけれど、少しでも町の人たちが安心して過ごせるのなら、持っていきたいです。私にできることは少ないかもしれませんが、お役に立てることがあれば何でも言ってください」

「──ありがとう。メラニー」

クインが顔を近づけて、そっとメラニーの額に唇(くちびる)を押し当てる。

驚いて顔を上げると、クインの表情が柔(やわ)らかなものに戻(もど)っていた。

「君に故郷を見せるのが楽しみだ」

「……はい。私も楽しみにしています」

出発当日は雲一つない快晴だった。

「いい出発日和ですね」

マリアが馬車の窓から差し込む日の光に眩しそうに目を細めた。

「もう皆集まっているかしら？」

「大丈夫ですよ。時間通りですから」

興奮と緊張で朝からソワソワとしているメラニーにマリアは澄ました顔で言う。

遠征メンバーは城門近くの広場で集合することになっており、メラニーが集合場所に着くとすでに何名かの参加者が集まっていた。

馬車が止まったので、メラニーたちも一旦降りる。ここで、旅に慣れた馬に替えるのだ。

道中は宮廷魔術師のメンバーが御者を引き受けてくれることになっており、メラニーはここまで送ってくれた使用人と挨拶を交わすと、クインの姿を探した。

すると、城の方面から幌つきの馬車がやってきた。大型の馬車と荷物を積んだ荷馬車が数台続き、残りの宮廷魔術師たちが馬車から降りてきた。その中に魔術師団の副団長を務めるデリックの姿もあった。

今回の旅は二十人ほどが参加すると聞いているが、改めて見るとかなりの大所帯だ。

「こんなに大勢で移動して魔物に狙われないかしら？　王都の外は魔物が出るのでしょう？」

「そうですね。でも、魔術師団の皆さんが一緒なら、そこまで心配することはないのではないですか？」

マリアと話をしていると、クインがやってきた。

「メラニー。準備は大丈夫か？」

仕事の準備のために朝から別行動だったので、ようやくクインの顔が見られて、胸を撫で下ろした。

「はい。マリアと何度も確認しましたので。あの……クイン様、やはり道中は魔物もたくさん出るのですか？」

「そうだな。だが、心配はいらない」

「え？」

メラニーが首を傾げると、クインは大型の馬車の方へ連れて行く。

「この馬車の幌の内側を見てみなさい」

「幌？」

クインに言われて、馬車の中を覗き込む。

「え？　魔法陣!?」

幌の天井部分に大きな魔法陣が描かれていた。

「これ――守護の魔法陣……ですか？　でも、ちょっと違うような……」

「そうだ。サイズを小さくした分、魔法陣の一部も簡略化しているが、君の作った守護の魔法陣を元に作ってみたものだ。言わば簡易版魔法陣だな」

「一体、いつの間にこんなものを!?」

「以前、ケビンと話していた時に、馬車の荷台に広げたまま運べたらと言っていただろう？　それで馬車の幌に取り付けることを思いついたんだ。オリジナルのものより効果の範囲は狭いが、他にもう一台取り付けている。移動する分には問題はないだろう。道中は魔力供給をしながら実際に効果を検証していく予定だ」

「魔物避けというわけですね」

幌の内側に魔法陣があるので雨や風を気にすることもなく、しかも、外側からは魔法陣の姿は見えないので、一見普通の馬車のようにしか見えない。

「こんな考えを思いつかれるなんて、さすがクイン様ですね！」

「いや、君の言葉がなければ思いつかなかったことだ。作れたのは君のおかげだ」

「そんなことありません。旅慣れたクイン様だからこそ思いついた考えだと思います」

「それを言えば、オリジナルの魔法陣を作ったのは君なのだから、やはりこれは君のおかげだろう」

二人で褒め合っていると、後ろで控えていたマリアが呆れたように肩を竦めた。

そこへディーノがやってくる。

「クイン様。これから出発の打ち合わせを行うようです」

「わかった。メラニー、もう少し待ってくれ」

クインが離れ、代わりにディーノがその場に残る。

この間の怪我は治っているようだが、なんだか顔色が冴えないように見える。

「もしかして、ディーノさん寝不足ですか？」

「あー、うん。今日から遠征だと思ったら、なんだか寝付けなくてさ……」

「私もです！　私だけじゃなくて良かった」

「良くないよ」

ギロリと睨まれ、メラニーは「すみません」と謝った。

「でもこの間も魔物討伐に参加されていましたよね？　旅は慣れたのではありませんか？」

「この間は近場の仕事だったからね。本格的な長旅は僕も初めてだよ」

ディーノと話をしていると、後ろから「メラニーさん！」と大きな声で名前を呼ばれた。

「え？　カルロスさん？　それにサルマさんも！」

大きな荷物を背負ったカルロスが手を振りながらこちらに駆けてくる。その後ろには同じく大きなリュックを担いだサルマがゆっくりとしたペースで歩いていた。

筋骨隆々の逞しい体つきをしているカルロスと、ひょろっとした華奢なメガネ姿のサルマは一見すると対照的な二人だが、どちらもイーデン学者協会所属の研究者である。カルロスは魔物を、サルマは植物学を専門に研究しており、守護の魔法陣作りで世話になった二人だ。

「お二人ともお久しぶりです！」

相変わらず元気一杯のカルロスが、メラニーとディーノに眩しい笑顔を向けた。

「もしかして、カルロスさんたちもグナーツに行かれるのですか？」

「はい！　ブランシェットさんに誘われまして。僕もサルマ君もなかなか他の土地に行くことがないのですごく楽しみにしていました。僕たちみたいな学者が皆さんに交ざっていいのかなと思っていましたが、メラニーさんがいて心強いです」

満面の笑みを作るカルロスにつられて、メラニーも思わず笑顔になる。

「私も知っている方がいて嬉しいです。サルマさんも道中よろしくお願いします」

サルマにも声をかけるが、彼は無表情で「うん」と頷くだけだ。一見、無愛想に見えるが、これが彼の通常運転だ。植物のことになると目の色が変わるが、それ以外はこんな調子である。そんなサルマの代わりにカルロスがニコニコと話す。

「カレンさんも行きたがっていましたよ。生憎、仕事が忙しくて無理でしたが」

「そうですか。それは残念です」

ちなみにオーリーとバーリーも留守番組だ。いつも何かと騒がしい彼らがいないのは正直寂しい。だが今回の旅は魔物討伐なので、彼らの専門外だ。

それに、例の王女様側のスパイを警戒して、誰かが王都に残って見張っていないと、研究途中の魔法陣も危険だとクインは考えているようだった。

この遠征メンバーもクインが厳選したそうだが、この中にもスパイが交ざっている可能性が大いにあった。そのため、クインからは極力道中は他の魔術師たちに接触しないよう言われている。

「ねぇ、二人とも。荷物を先に運んだ方がいいんじゃない？　案内するよ」

「そうですね。お願いします。では、メラニーさん。またあとで」

ディーノの提案にカルロスたちは荷馬車の方へ去っていく。彼らが荷物を運んでいく様子を目で追ったメラニーはあることに気づく。

今回、個人の馬車を用意しているのはメラニーだけで、他のメンバーは大型の馬車に乗り合って行くようだった。その上、荷物の量も他の人たちと比べて圧倒的に多い。これでも厳選したつもりだったが、クインの荷物も一緒とはいえ、自分だけ異様な荷物量で恥ずかしく感じた。

「まだ荷物が多かったかしら？」

　メラニーの呟きに、後ろに控えていたマリアが答える。

「他の人と比べるものではありません。それにお仕事ではなく、今回は侯爵家の令嬢として出かけるのですから問題ないでしょう。これでもかなり少ないくらいですよ」

　マリアの言うように、今回メラニーの旅の名目は、クインの両親との顔合わせだ。あくまでも仕事ではなく、魔術師団の遠征に同行する形となっている。

「ご両親からも準備を怠らないように再三言われておりましたので、問題ありません。さあ、そろそろ出発のようですよ。お嬢様も馬車にお乗りください」

「う、うん……」

　馬車の中にいたメルルを膝の上に乗せ、大人しく待っていると、馬車の窓が軽くノックされ、馬に乗ったクインが顔を出した。今回の旅では馬車に乗るメンバーと馬で周辺を警戒するメンバーに分かれ、交代で警護するらしい。

「メラニー、準備はいいか？　これから出発する。私はこの馬車の周囲に常にいるようにするから、何かあればすぐに呼びなさい」

　そう言ってクインは後ろの馬車に声をかけに行った。

　間もなくして、ごとりと馬車が動き出す。

（――いよいよだわ）

　久しぶりに王都から出る旅の出立に鼓動がドキドキと高鳴った。

　城門を抜け、森に入ると緊張感が増した。

　この辺りは魔法陣の研究のために何度か足を運んだことがあったが、森の奥の方はあまり通ったことがない。王都周辺の森にも魔物が出現していることを知っているので、緊張しながら窓の外を覗く。

　時折、メルルが警戒するように窓の外に首を向ける。視線を向けると、木々の隙間から魔物らしき影が見えることがあったが、こちらに近づくことはないようだった。

（魔法陣が効いているのかしら？）

　あっという間に馬車は森を抜け、眩しい太陽の下に出る。

　ここからは道なりに次の街への道が続く。平原は森よりも魔物が隠れる場所がないため、周囲の警戒が楽らしい。自然と馬車の速度が上がり、その分揺れも増した。

　こうして王都の外に出るのは、幼い頃に何度か避暑地へ遊びに行った時以来である。物珍しい外の光景をメラニーはワクワクした気持ちで眺めるのであった。


　教会の鐘の音が響いている。

真っ白な教会には多くの参列者が並び、祭壇の上に立つ新郎新婦に祝福の声を贈ってい
た。

魔物討伐が無事に終わり、こうして今日という日を迎えることができた。

メラニーは白いドレスに身を包み、今日までの苦難に満ちた長い日々を思い返す。たくさんのことがあったが、やっとクインと結婚できるのだ。

不思議と緊張はなく、喜びで胸がいっぱいだった。

「では、誓いのキスを」

神父の言葉で、顔の前を覆っていたベールが上げられた。

メラニーは期待に胸を躍らせながら、閉じていた目をゆっくりと開く。

「えっ⁉」

しかし、そこに立っていたのはクインではなく、白のタキシードを着たケビンだった。

「な、な、なんで、ケビン様が？　ク、クイン様は⁉」

「クインならあそこにいるよ」

いつもの爽やかな笑みを浮かべ、ケビンが祭壇の下を指差す。

そこには宮廷魔術師のローブ姿のクインがおり、こちらを見ながら拍手をしていた。

「メラニー、ケビン。結婚おめでとう」

「ええっ⁉」

どういうことかと呆然としていると、いつの間にか隣にユスティーナが立っていた。

「メラニーさんはケビンと結婚するのよ。これで私たちは義理の姉妹ね。仲良くしましょう？」

ゾッと背筋が凍り、全身から冷や汗が流れる。

「そ、――そんなの嫌っ！」

ガクリと体が揺れて、目が覚めた。

「メラニー？　うなされていたようだが大丈夫か？」

クインが心配そうにメラニーの顔を覗き込んだ。その距離が近くて、メラニーは思わず体を起こした。すると、向かい側に座っていたマリアが驚いた様子で声をかける。

「お嬢様、大丈夫ですか？」

「クイン様？　マリアも……」

ガタガタと馬車が揺れる音と振動に、我に返った。

「……今のは……夢？」

記憶を辿り、馬車に酔ってしまったところをクインが介抱してくれたことを思い出す。

どうやらクインの肩に凭れながら、いつの間にか眠ってしまったようだ。

「すみません……、変な夢を見ていたようです」

まだ心臓がバクバクとしていた。

手のひらに汗をかいており、膝の上に乗っていたメルルがメラニーの手をチロチロと舐める。

「山道に入って揺れますもんね。お水でも飲まれますか？」

「落ち着くまで、体を預けていいんだぞ？」

「ありがとうございます」

メラニーは心配してくれる二人に礼を言いながら、なんという夢を見ていたのだと反省した。

（ケビン様と結婚する夢を見るなんて……。縁起でもないわ。でも、グナーツの交易路の問題を解決しないと本当にそうなってしまう）

考えないようにしていたが、日に日に焦りは募っているようだ。

塞ぎ込んだメラニーを気遣い、クインが落ち着かせるように肩を抱いてくれた。

「旅慣れていない君には過酷な旅だろう」

「……そうですね。こんなに旅が辛いものだと思いませんでした」

馬車に取り付けた魔法陣の効力はあるようで、旅の道中、魔物に遭遇することもなかった。町から町へ、街道に沿って、順調に旅は進んでいる。

初めのうちは旅の高揚感と物珍しい風景や街並みに楽しさが優っていたが、馬車の揺れというのは思っていたよりもきつい。王都のように整備されていない道は凸凹で揺れが激しく、あっという間に酔ってしまった。

今も山道を進んでいる最中で、その揺れは激しい。

「この山を越えたら、もうグナーツなのですよね」

「ああ、そうだ。この調子なら今日中に領地に入れるだろう」

「道中は魔物に遭遇することがなくて、本当に順調でしたね」

マリアがメラニーに水筒を差し出しながら、しみじみと言った。馬車の揺れに気をつけながら水を飲むと、ようやく人心地がついた気がした。

「普段の遠征では魔物と遭遇することが多いのですか？」

「そうだな。森や山の近くでは特に多い。気づいているか？　今も馬車の周りには魔物の気配がする」

そう言って、クインは窓の外に視線を向けた。

「え？」

メラニーも視線を向けるが、よくわからなかった。

「先ほどから、メルルも警戒しているだろう？」

クインがメラニーの膝の上に鎮座するメルルに目を向けた。

「……気づきませんでした」

「私もです」

マリアと一緒に顔色を変える。

「襲ってこないのは魔法陣の効果だろうな。正直、ここまで効果があるとは思わなかった。今回の視察で成果を報告できれば、簡易魔法陣の実用化はすぐに進むだろう」

「じゃあ、行商の方や旅人が魔物に襲われる心配がなくなるのですね」

道中通ってきた閑散とした町を思い出し、メラニーは顔を輝かせた。

どの町も交易が滞っているせいか活気はなく、泊まった宿でも旅人の姿はほとんど見かけなかった。代わりに周辺の魔物を警戒してか、武装した傭兵の姿があったくらいだ。

王都の外では、こんなにも大変なことになっているのだと初めて知り、胸が痛かった。

この遠征で魔法陣の効果が確立されれば、旅の行き来が楽になるだろう。

「いずれはな。だが、一般人が使うためには課題も多い。一日や二日の旅なら問題ないが、魔法陣には定期的に魔力の供給が必要だ。それに簡単な魔法陣ではないから、ある程度知識を持った魔術師でないと扱いは難しいだろう。これほどの効果のある魔法陣だ。盗まれる恐れもあるだろうし、警備体制も必要になるだろうな」

「……すぐの実用化は難しいのですね」

課題の多さにメラニーが落ち込むと、クインは小さく微笑んだ。

「しかし、大きな一歩だ。まずは宮廷魔術師たちが遠征に使うことになるが、その過程で色々な改良もできるようになるはずだ」

話をしていると、山の中腹で分かれ道が現れた。道を確認するためか、馬車の速度が落ちる。すると、クインが窓を開け、近くの魔術師に左の道へ進むように伝える。

「右の道はどこへ繋(つな)がっているのですか？」

「ベルタール領だ」

なぜかクインは渋(しぶ)い表情を浮かべた。

「ベルタール領というと、代々王族が治める直轄地(ちょっかつち)ですよね」

メラニーは頭の中で地図を思い浮かべる。

現在は王弟が治めている領地だ。王弟と言えば、ケビンの派閥(はばつ)と対立し、ユスティーナ王女と繋がっていると噂(うわさ)の人物である。

「ああ。実はベルタールにはリンベルクに繋がる河があってな。今までは一部の行商人や地元の者しか使っていなかったが、グナーツの交易路が使えなくなったことで、王弟はその河を新たな交易路として使いたいと陛下に進言しているんだ」

「グナーツの問題は別として、隣国(りんごく)と交易ができるのであれば、悪くない話のように思えるのですけれど……何か問題が？」

「本格的な交易をするには、もっときちんとした整備が必要になる。少なくとも一年以内にフレデリカ王女を迎えることは難しいだろうな。元々、そちらは山を越える道よりも遠回りな上に、河船を使うため、交易品の輸送には今までの倍以上のコストがかかる。噂では過度な税金をかけているそうだ。河に出現する魔物から守るための運搬費だと主張しているが、どうもあそこはきな臭い噂が絶えない」

クインは眉を顰め、ため息を吐く。

「他にも交易品を自領で買い締めているという話も聞く。今後グナーツの道が使えないのなら、運河工事をして、主要な交易路を作りたいと申しているそうだ」

ベルタール領が主要な交易路となれば、王弟と隣国との交流も増え、益々派閥の力をつけることになるため、ケビンが頭を悩ませているらしい。

「だからこそ、ケビンはグナーツの交易路を早く再開させたいのだ」

メラニーが考えていたより、状況は複雑だったようだ。

だったら、尚のこと今回の遠征は責任重大だ。

（私は魔物討伐には参加できないけれど、少しでも何かお手伝いしなくちゃ）

意気込んだものの、ガタガタと揺れる馬車に体がふらついた。

「大丈夫か？」

「は、はい……」

（ううっ。揺れが気持ち悪い……。まずはこの山を無事に越えることを考えなくちゃいけないみたい……）

心配していた山道も魔物に襲われることなく、無事に下ることができた。平原に入り、大きな揺れもなくなって、ずっと過ごしやすい。もうすでにグナーツ領に入っているらしいが、長閑な風景を見ている限り、グナーツが危機に瀕しているとは思えなかった。

（馬車の幌につけた魔法陣のおかげで道中も順調だったし、もしかしたら、交易路の魔物問題もすぐに片付くんじゃないかしら？）

そんなメラニーの甘い考えを打ち砕くように、突然前方から馬の嘶きが聞こえ、遅れて馬車が急停止した。

「きゃあっ！」

「メラニー、大丈夫か？」

バランスを崩すメラニーをクインが咄嗟に支えてくれた。

「は、はい……。一体、何が？」

「確認しよう」

クインが窓を開けて顔を出す。すると、デリックがやってきた。

「レイグナーが先頭の馬車を襲ってきたようです。今、数名で応戦しています」

馬車の両脇から複数の馬が駆ける音が聞こえた。

「レイグナーだと？　群れか？」

「いえ、単体のようです。群れから逸れた個体でしょうか」

「魔法陣はどうした？」

「正常に発動しています」

「……そうか。とりあえず、周囲の警戒を怠るな」

「はい」

クインはデリックとの会話を終えると、窓を閉めた。

平原の奥から獣の咆哮と攻撃魔法を繰り出す音が響いてきた。

不安に震えていると、クインが安心させるようにメラニーの手を取り、落ち着かせる。

「安心しなさい。それほど強い魔物ではない。すぐに討伐は終わるだろう」

クインの言う通り、ほどなくして、レイグナーを討伐したと連絡が入った。

「すまないが、少し待っていてくれ」

クインが馬車から降りていった。集まった魔術師たちを窓から眺めながら、メラニーはマリアに訊ねる。

「レイグナーって、どんな魔物かしら？」

「鋭い角を持った、馬に似た魔物です。強くはないですが、なぜ魔法陣が効かなかったのでしょう？」

「そうね。不思議だわ」

山を越える前まではこんなことはなかったので、何かあったのかと不安になる。

考え込んでいると、クインが戻ってきた。

「すまない。まもなく出発する」

「大丈夫なのですか？」

「襲ってきたのは一頭だけだったようだ。だが、警備態勢を強化して進むことにした。安心しなさい」

「魔法陣は作用していたのですよね？」

「魔法陣は問題ない。話を聞く限り、魔物の様子がおかしかったようだ。魔法陣が効かないほど、異常をきたしていたのかもしれない。念のため、倒したレイグナーを回収して調べたかったのだが……」

クインは苦い顔をする。

「何があったのですか？」

「いや、打ち取ったのはディーノだったが、強力な火の魔法を使ったせいで、回収できないくらい丸焦げにしてしまったそうだ。相手が興奮状態とあっては無理もないかもしれないが、調べられないのは痛手だな」

「そうですか……」

「しかし、山を越えた途端（とたん）、これとは。この先は何もないと良いが……」

クインは考えるように黙（だま）ってしまう。

しばらくして馬車が動き出した。先ほどよりも、馬に乗った魔術師団が警戒（けいかい）した様子で馬車の周りを囲んでいた。そのピリピリとした空気に自ずと緊張感（きんちょうかん）が増す。

またいつ魔物の姿があるかもしれないと、ビクビクしながら道沿いを眺めていると、道の先に不思議なものを発見した。

(あれ、何かしら？　大きな岩に見えるけど、もしかして石碑（せきひ）……？)

二叉（ふたまた）に分かれる分岐（ぶんき）点に道標のような大きな岩がある。

通り過ぎる際、石碑に書かれた文を見たメラニーはその文字に驚（おどろ）く。

「――クイン様！　あそこに書かれているのって古代文字ですよね？」

メラニーが石碑を指さすと、クインが窓の外を覗（のぞ）いた。

「ああ、あれか。確かに古代文字だな。そういえば、道中にはなかったか。ああいった石碑は地方の領地の入り口によくあるものだ。大抵（たいてい）は地名が書かれているらしいが」

「はい。さっきの石碑にもグナーツの地名が彫（ほ）られていたようです。こんなところで古代文字を見かけるなんて思いませんでした」

「意外と王都より田舎の方が古いものが残っているものだ。町の中にも似たような石碑があったと思う。よければ、時間があるときに案内しよう」

「本当ですか？　よろしくお願いします」

メラニーはワクワクと頷いた。

先ほどまで魔物に怯えていたメラニーが目をキラキラとさせているので、クインはクスリと笑うと、もう一つ提案した。

「古いものと言えば、領主の館にも代々伝わる古い本があったな。城壁の魔法陣解析に何か役立てるかもしれないし、父上に頼んで書庫室を見せてもらうか」

「よろしいのですか？」

「ああ。我々が魔物討伐をする間、君も暇だろう？」

正直、時間を持て余しそうだと思っていたので、クインの申し出はありがたかった。

「ありがとうございます。クイン様」

その後は魔物に遭遇することなく、無事に馬車は町へと辿り着いた。

「ここからグナーツの町だ」

クインが懐かしそうに目を細め、窓の外を見つめる。

（ここがクイン様の生まれ育った町――。でも、なんだか……）

馬車から見る光景は想像していたものと少し違った。

「……随分と静かな町ですね」

「普段はもっと賑やかな町なんだが……」

　クインを見ると、彼もまた困惑しているようだった。

　以前に活気のある町と聞いていたが、馬車から見る町の中は閑散とし、人の姿はまばらだった。すれ違う人々の顔にも元気はなく、どこか町全体に憔悴した空気が漂っている。

　不審に思っていると、馬車は町の中心部へと到着した。


　グナーツに滞在する間、メラニーたちは領主の館に泊まるが、その他のメンバーは町の宿を利用する手筈となっていた。そのため、宿で皆と別れて、メラニーたちを乗せた馬車は丘の上にある領主の館へと向かっていた。

　町の様子も気がかりだが、メラニーにはこれからもっと心配なことがある。

「……マリア。私、変じゃないかしら。ローブは脱いだ方がいい？」

　クインの両親に挨拶をするという重大な任務に心臓がバクバクしていた。

「大丈夫ですよ。向こうも長旅だとわかっておりますから。スチュワート家の娘として恥じぬよう、背筋はまっすぐにしてくださいね」

「わ、わかったわ」

　マリアにブラシで髪を整えてもらっていると、クインが苦笑する。

「気難しい人たちじゃないから、緊張する必要はない」

「でも、失礼なことがあったらいけないですし……。あ、あの……私とケビン殿下の噂は知っておられるのですか？」

「いや、知らないはずだ。あの件はまだ王都でも一部の人間しか知らないことだ。ここまで伝わってくるまで、まだまだ時間はかかるはずだ。いずれは耳にするかもしれないが、今は伝えない方がいいだろう。余計な心配をかけたくはない」

　クインの言う通りかもしれない。それに下手なことを言って、悪い印象を持たれるのも嫌だった。

　丘を登り、馬車が止まる。クインが先に降りて、メラニーをエスコートして降ろした。

「クイン、久しぶりだな」

「あなたがメラニーさんね。お手紙でやり取りしていた通りの可愛らしいお嬢さんね」

　館の前で使用人たちと共にクインの両親である領主夫妻が出迎えてくれた。ジョセフ・ブランシェット領主とサマンサ夫人だ。

　クインは父親似なのだろう。顔立ちや背格好もそうだが、真面目で厳格そうな雰囲気がとても似ている。逆にサマンサ夫人の方は、ジョセフ領主に比べると小柄で、おっとりとした雰囲気を醸し出していた。

「ご無沙汰しています。父上、母上」

「は、初めまして！　メラニー・スチュワートと申します。本来はもっと早くにご挨拶に上がるべきでしたが、遅くなりましてすみません」

「気にしなくていいのよ。遠いところまで、ようこそお越しくださいました」

そう言って、サマンサはメラニーの手を取った。温かい手だ。それにとても優しそうで、緊張が少しだけほぐれる。

「寧ろ、私たちの方が王都へ行ければよかったのだけど……」

サマンサの表情が曇ったのを見て、クインが訊ねる。

「そこまで魔物被害が出ているのですか？　道中でも下山した途端、魔物が現れました。それに前に来た時よりも町の様子も静かですし……」

「……詳しいことは中で話そう」

ジョセフが中へと促した。

その深刻そうな表情に不安を覚える。町に入った時も思ったが、状況はメラニーたちが考えているより悪いのかもしれない。

マリアが館の使用人と一緒に部屋に荷物を運び入れている間、メラニーとクインは通された応接室にて、もてなされることになった。

「この茶葉はうちの特産なの。お口に合うといいんだけど」

サマンサが出してくれた紅茶の香りに、メラニーは顔を上げる。

「このお茶。クイン様がよく飲まれているものですね。こちらの特産品だったのですか？」

「ああ。でも、水の違いか、こっちで飲むほうが香りがいいな」

親しみのある味にホッと息をついていると、サマンサがこちらを見てニコニコと笑った。

「うふふ。この子がスチュワート家のお嬢さんと婚約すると聞いた時は驚いたけど、仲良くやっているみたいで安心したわ。王都でのクインはどう？　仕事ばかりしてないかしら？」

「えっと……」

仕事ばかりしているのは事実だが、どう答えるべきだろうか。

メラニーが言い淀んでいると、状況を理解したのか、サマンサがクインを睨んだ。

「まったく、あなたはいつまで経っても変わらないんだから。仕事ばかりしていないで、メラニーさんをもっと気遣ってあげなさい」

サマンサから睨まれ、クインはたじたじとなって黙り込む。

「あ、あの、お忙しい中でもちゃんと気にかけてくださっているので大丈夫です」

メラニーのフォローに、サマンサはクインとメラニーを交互に見て、ふふっと口元に手を当てて笑った。

「大事にしているのなら良かったわ。……この子は父親に似て頭も固いし、感情を表情に出さないから、上手くやれているか不安だったけれど、大丈夫そうかしら」

サマンサの言葉に、ジョセフが眉間に皺を寄せて咳払いをした。

「王都での生活はあとでまた聞くとして、交易路の話をしよう」

「ええ。そうですね」

クインはすぐに父親の台詞に乗っかった。そんな夫と息子を見て、「ほらね。仕事のことばかりでしょう?」と、サマンサがメラニーに笑いかける。

「クインたちは仕事にきたのだから仕事の話をするのは当然だろう」

「それで父上。……今、グナーツはどのような状況なのですか?」

クインが真剣な表情でジョセフに訊ねた。

「手紙で知らせた通り、あまり良くないな。クインが前に来たのは三年前だったか。その時よりも魔物による被害が増えている状況だ」

ジョセフは手元に用意していた地図を広げて、説明を始める。地図はこの辺りの地形を描いたもので、至る所に×印がつけられていた。

「印がついたところが被害の大きいところだ」

「こんなに……」

あちこちについた印を見て、メラニーは口元を押さえる。

思っていたよりも被害範囲が大きい。数は少ないが町の中にも印があった。特に森に近い場所で魔物が出没しているようだ。

「前回、魔物を討伐した時よりも被害が増えていますね。あの時にめぼしい危険種は狩ったと思ったのですが……」

「ああ。お前たちのおかげで、一時は魔物の被害は無くなっていたんだ。だが、去年あたりから、急に西の森から魔物が現れるようになってな。兵士の話によると、森周辺の生態系も変わっているらしい」

「生態系が？　危険種を討伐したことが関係しているのでしょうか？」

「関係あるかはわからん。調査をしようにも西の森は危なくて近づけない状態だ」

「……町の様子も随分と変わっていましたね」

「ええ。そうなの」

困ったように頬に手を当て、サマンサが息を吐いた。

「交易路が封鎖されて、グナーツを利用する行商もいなくなった上に、町の中にまで魔物が現れるようになって、皆疲弊しているわ」

「近隣の領地から兵士や医師を派遣してもらったり、傭兵を雇ったりして、なんとか被害を抑えているが、この状態が続けば、領地の資金も底をついてしまうだろう……」

夫妻の説明にクインは衝撃を受けたように息を呑んだ。

「そんなに酷い状況なのですか？　……わかりました。早急にこの状況を殿下に伝えておきます」

「うむ。すまないな……」


荷物を運び終わったと報告を受け、メラニーたちは一旦領主夫妻との会話を終える。クインの案内で部屋まで移動する間、浮かない様子のクインを見て、心配になった。

考えていた以上にグナーツの情勢が悪化していることにショックを受けているのだろう。

「――クイン様、大丈夫ですか？」

メラニーが声をかけると、クインはハッとしたように顔を上げる。

「……すまない。考え事をしていた」

「私もお話を聞いて驚きました。……心配ですよね」

廊下の窓からグナーツの町が見える。綺麗な眺めだが、こうしている今も町の人たちは魔物に怯えて暮らしているのだ。

「まさか、ここまで切迫した状況になっているとは。父上もなぜもっと早く教えてくれなかったのか……」

　クインは苦々しく呟く。

「クイン様……」

「父上から手紙を貰った時点で、もっとケビンに働きかければ良かった。そうすればここまで酷い状況にはなっていなかっただろう……」

　悔しそうに拳を握り締めるクインを見ていると、こっちまで胸が痛くなった。

　メラニーは手を伸ばし、固く握られたクインの拳に触れた。

「ご自分を責めないでください。一先ずはこうしてグナーツに来られたのですから。これからのことを考えましょう。私にできることは少ないかもしれませんが、何でも言ってください。私も一緒に考えます」

　少しでも勇気づけたい思いで、クインの手を両手で包み、微笑んでみせる。

「……メラニー」

　クインの両目が驚いたように見開かれ、次の瞬間には強張った表情が緩んでいた。

「ありがとう」

　クインは空いている方の手でメラニーの頬に触れると、優しい眼差しで頷いた。

「――そうだな。今は前を向いて、グナーツのためにできることをしよう」

「はい」

「優しそうな夫妻で良かったですね」

「ええ。そうね。こんなに大変な中なのに歓迎してもらってありがたいわ」

領主の館に泊まった翌日、メラニーはマリアと荷解きの続きをしていた。

クインの両親に挨拶をするという最大の目的を無事に終えることができて、ホッとしている。けれど、やはりグナーツの魔物問題は気がかりだ。

(――クイン様も浮かない様子だし、私も婚約者としてお支えしなくちゃ！　でも、私に何ができるかしら？)

持参した書物を鞄から取り出しながら考えていると、ドアがノックされて、そのクインが顔を出した。

「メラニー。今から町の砦を見に行くが、君はどうする？　ああ、まだ荷解きの途中だったか」

「大丈夫です。ご一緒させてください」

「長旅で疲れていないか？　無理せず休んでいてもいいんだぞ」

長旅で疲れているのは自分も同じはずなのに、こうやって気を遣ってくれるのだから、クインは本当に優しい。

「いいえ。昨日は早めに休ませていただきましたし、問題ありません」

残りの荷解きをマリアに頼み、クインと共に町へと向かうことにした。

他のメンバーと合流し、砦を見学した後はそのまま交易路に出るそうだ。メラニーは砦の見学までだが、早めに交易路の様子を見ておきたいのだろう。

宿に着くと、魔術師団のメンバーが馬を用意していた。武装した彼らの中にカルロスとサルマの姿があることに気づく。

「カルロスさんやサルマさんも一緒に交易路に向かわれるのですか？」

「ええ。多少の剣の心得はありますので」

カルロスはそう言って、腰に差した剣の柄を撫でた。

「とは言ってもサルマもいますし、危なくなったらすぐに逃げるつもりです。宮廷魔術師の皆さんにはご迷惑をおかけしますが、お役目を果たせるよう頑張ります」

カルロスは魔物の専門家だし、サルマは優秀な植物学者だ。きっと役に立てるだろう。

同行できる彼らがとても羨ましい。

（私も一緒に行きたいけれど、馬にも乗れないし、自分の身も満足に守れないから足手纏いよね……）

しょんぼりと項垂れていると、カルロスがソワソワとメラニーの周囲を見回した。

「そういえば……メルルさんは？」

魔物に熱烈な愛情を持つカルロスは、使い魔のメルルのことが大のお気に入りであった。

生憎、その強烈な愛ゆえにメルルからは嫌われているのだが……。

メラニーは周囲を警戒しながら、肩から下げた鞄を示して、小声で言う。

「この鞄の中です。……メルルを連れていることは他の人たちには秘密でお願いします」

「え？　どうしてですか？」

「それは……」

魔術師団のメンバーの中にスパイがいるかもしれないので、万が一の時のために、使い魔を連れていることを隠しておくようクインから言われているとは言いづらい。

メラニーが説明できず口籠っていると、カルロスがハッとして真剣な顔で頷く。

「わかりました。……メルルさんを狙っている人間がいるかもしれないんですね」

「え？」

「そうですよね。あれだけ美しい姿をしているんですから無理もないですね。わかりました。このカルロス、メルルさんをお守りするためにも他言無用に致します！」

完全なる誤解である。

しかし、納得してくれているのなら、それでいいのかもしれない。

「よ、よろしくお願いしますね」

町の端まで馬を引いて歩いて行くと、国境門がある砦が見えてきた。王都の城壁のように立派なものではないが、石造りの頑丈そうな砦だ。国の玄関口を示す国境門にはフォステールの大きな国旗が掲げられている。

人数制限があるため、数人の魔術師団と共に砦の見晴らし台に上がった。

山から吹き抜ける涼しい風が頬に当たり、晴れやかな空も相まって気持ちがいい。夏本番の季節だが、標高が高いせいか涼しく感じる。代わりに太陽の日差しは痛いほどだ。

見晴らし台からの景色は壮観であった。

すぐ目の前に聳えた山々と、そこに繋がる大きな森が視界いっぱいに広がる。

丸太が組み合わさった門扉を潜り抜けた先は、左右の森に挟まれた長細い平原となっており、道が敷かれていた。あれが現在封鎖中の交易路だ。

この交易路を進み、山を越えた先が隣国リンベルクとなる。

(あの山の向こうにフレデリカ王女様がいらっしゃるのね)

メラニーが感慨深く景色を眺めているのに対し、クインは警戒した様子で森の方を見つめていた。

「……なんだか様子がおかしいな。静かすぎる。鳥の鳴き声も聞こえてこないとは……」

クインが怪訝そうに呟くと、砦の兵士が答えた。

「ここ一年程、こんな感じです。なんだか森全体が変になっちまったみたいですよ。特に西の森は私らも近づけません。前回、宮廷魔術師の皆さんが凶暴な魔物を討伐してくれたおかげで、平和になったと思ったのに……」

「魔物の様子もいつもと違ったりしないか？」

「ええ、そうです！　よくわかりますね。あれは普通の様子じゃありません。そもそも普段は人間を警戒して森から出てくることはないのに、どういうわけかこんな人里まで降りてくるんですから。しかも、いつもなら冬眠しているような冬の間もそこら辺を彷徨っていましたからね。ありゃあ、なんかおかしいですよ」

兵士の話を聞けば聞くほど、不穏なものを感じた。

グナーツに来るまでの道中でも魔物の出没が多くなったという話はあったものの、ここまで異常な様子だとは聞いていない。このグナーツ一帯で何か起こっているようだ。

「念のため、守護の魔法陣を砦の前に敷いておくか。気休め程度かもしれないが、ないよりはいいだろう」

クインは兵士との話を切り上げて、他のメンバーとどこに魔法陣を敷くか相談を始めた。

その時だ。

リンベルクへ続く交易路の方から、耳をつんざくような鳴き声が聞こえてきた。

「何事だ！」

「西の森に面している交易路に人の姿が！　魔物に襲われているようです！」

見張りをしていた兵士の一人が望遠鏡を構えながら叫ぶ。

「カルロス。メラニーを頼む」

「は、はい！」

クインはメラニーをカルロスに預けると、魔術師団を数名残して、砦を降りていった。

残った宮廷魔術師たちは砦の兵士たちと共に、警戒態勢を取る。

すぐに門の下を馬に乗ったクインたちが駆けていく。メラニーは砦の柵に駆け寄り、その後ろ姿を見つめた。そんなメラニーにカルロスが声をかける。

「ブランシェットさんたちなら、きっと大丈夫ですよ」

「……ええ、そうですね」

（――クイン様。どうか、ご無事で）


クインは手綱を振り、全速力で馬を駆った。

（一体、グナーツに何が起こっているんだ）

昨日のレイグナーの一件もなんだか妙な感じだった。馬車に備え付けた魔法陣が効いていないこともそうだったが、群れから逸れた個体のレイグナーがクインたちのような大所帯を襲うのは、普通に考えてありえないことだ。

砦の兵士の話からも何かが起こっていることは確かだ。

馬を走らせていると、魔物の金切り声と人の悲鳴が聞こえた。

「正面奥に怪鳥の群れです！　──あれは、ケプロスです！」

クインの少し前を走る魔術師が振り返りながら叫ぶ。

「ケプロスの数は⁉」

「およそ五体！　襲われているのは兵士のようです。何人かが応戦しています」

クインにも横倒しになった幌馬車の姿が目視できた。

かなり大きな幌馬車だ。横転した馬車のそばには、鎧姿の人間が上空を飛び回るケプロスの群れ相手に剣を振り回している。中には魔法を放つ者もいた。だが、空を縦横無尽に飛ぶケプロスに苦戦しているようだ。

（山を越えて無理に通ってきたのか。兵士に見えるが、傭兵か？）

クインは考えながら、声を張り上げた。

「魔物を誘導し、馬車から引き離す！　デリックは一班を率いて、私の後に続け。二班は平原の真ん中で詠唱の準備だ。残りは怪我人を保護しろ！」

キィキィとケプロスのけたたましい威嚇の声が近くなる。

四枚の大きな翼を持つ、馬ほどの大きさの怪鳥が、倒れた馬車の周りを取り囲んでいた。

普段はそこまで攻撃（こうげき）性の高い魔物ではないのに、興奮しているのか、耳をつんざくような威嚇の声を上げて襲っている。

ケプロスの攻撃を受けたのか、地面に倒れている者もいた。

（まずいな――）

ケプロスの鉤爪（かぎづめ）には毒がある。

もし、爪で引っ掻（か）かれていたとしたら、早めに毒を抜かなければいけない。

（まずは飛んでいるケプロスを馬車から離さなければ！）

クインは軽く口の中で呪文（じゅもん）を唱えると、ケプロスが飛び交う上空に向かって風魔法を放つ。不意をつかれたケプロスがまともに暴風を食らい、四方へと散った。クインの後に続き、デリックたちも同じように風魔法を放った。

馬車の周囲を大きく回りながら、何度か攻撃魔法を放つと、ケプロスはクインたちに向かってきた。標的が自分たちに変わったことを確認し、急いで馬車から離れる。

ケプロスの甲高（かんだか）い威嚇の声が背後に近づくのを感じながら、クインたちは馬の速度を上げ、平原の真ん中に待機していた二班に合図を出した。

「――今だ！」

二班の面々が一斉（いっせい）に、魔法で作った紫電（しでん）の網（あみ）を広げた。

バリバリという雷鳴（らいめい）が響（ひび）き、焦（こ）げ臭（くさ）い匂（にお）いと共にケプロスが地面へと落ちる。

しかし、紫電に引っかかったのは三頭だけで、逃れた二頭が上空へと飛び去っていった。

「ケプロスが逃げます！」

「ディーノ、一人で追うな！」

ディーノが後を追いかけようとするが、クインはそれを止める。

「しかし、クイン様！」

まだ経験の浅いディーノは森へ逃げるケプロスを見ながら、焦れた声を上げる。もしかしたら昨日のことがあり、名誉を挽回したかったのかもしれない。

「深追いは禁物だ。——とりあえず危機が去れば問題ない。怪我人の確認が先だ」

「……わかりました」

悔しそうにするディーノを連れて、倒れた馬車の方へと戻ると、他のメンバーたちが怪我をした兵士たちを介抱していた。

「ブランシェット様。怪我人は三名。内、一人が重傷です」

「ケプロスの毒か？」

「恐らく」

「わかった。急いで砦に運ぶぞ。手分けして介助するんだ」

横倒しになっていた幌馬車を戻し、怪我人を乗せて砦に戻ると、メラニーたちが門前で待っていた。

「クイン様！」

「メラニー、解毒薬を持っているか？」

「あ、あります」

メラニーが慌てた様子で鞄の中を探り、解毒薬を差し出す。クインはそれを受け取り、幌馬車の中へ入った。中で苦しそうに横たわっているのは、メラニーと同じくらいの年頃の若い女兵士だった。肩口で切り揃えられた髪は汗で張り付き、苦悶の表情を浮かべている。

「マルティナ！　しっかりしろ」

その横で紺色の髪をポニーテールに結んだ女兵士が必死に呼びかけていた。こちらは倒れた兵士よりもやや年上に見える。

クインは彼女の隣にしゃがむと、マルティナと呼ばれた兵士の容体を観察する。

腹部の辺りの服が裂け、大きな傷跡が見えたが、そちらは回復魔法で傷口は塞がっている。しかし、依然として血の気が引いて青白い顔をしており、苦しそうに呻いていた。

ケプロスから毒を受けたと判断していいだろう。

クインはポニーテールの彼女に解毒薬を渡した。

「解毒薬だ。ゆっくりと口に含ませるんだ」

女兵士は言われた通りに瓶の蓋を開け、マルティナの口にあてがった。

マルティナが薬を嚥下すると、青白かった顔に僅かに血色が戻った。

（やはり、メラニーの作った薬は即効性があるな。効力も高い）

クインが感心していると、マルティナの呼吸が落ち着き、瞼がゆっくりと開いた。

「マルティナ！」

「クラリス様……お怪我は……」

「まだ話すな。私なら大丈夫だ」

クラリスと呼ばれた女兵士が安堵の息を吐く。

クインは彼女たちを見て、一先ず大丈夫そうだと判断し、馬車から降りた。すると、仲間の兵士たちが心配そうな様子で集まってきた。どの兵士も多少の怪我を負っているようだが、毒を受けた者はいないようだ。

「あの、マルティナは……？」

「解毒薬を飲ませたから、もう大丈夫だ」

「解毒薬？　あの鳥は毒を持っているのか⁉」

（ケプロスを知らないということは、やはりリンベルクの人間か。それに剣の柄に付いている紋章は……）

「あなた方は、リンベルクの魔法騎士か？」

クインが質問をすると、彼らは気まずそうに口を閉ざした。

「――そうだ」

ぬっと現れたのは、クインよりも背の高い、がっしりした男だった。

「ブレッド隊長！　怪我は大丈夫ですか？」

「回復魔法で傷を塞いでもらったので、問題ない」

そう言って、男は逞しい二の腕を上げる。年は三十代後半くらい。髪を短く刈り上げた男は鋭い目つきをしており、ただ者でない風格が滲み出ていた。

「この隊を仕切るブレッドだ。本当に助かった。礼を言う。……ところで、そのローブ姿。フォステールの宮廷魔術師とお見受けするが？」

「ああ。ちょうどグナーツに遠征に訪れたところだ」

「そうか。……我々は運が良かったのだな」

「交易路が封鎖中であることは知っていると思うが、山を越えてやってきたのか？」

クインが指摘すると、ブレッドはばつが悪い様子で頷いた。

「……そうだ」

「私はグナーツ領主の関係者でもある。申し訳ないが詳しい話は領主の館にて伺うがよろしいか？」

「それは……」

何か事情があるのかブレッドが困ったように幌馬車の方を見ると、ちょうど馬車からクラリスが降りてきた。

「ブレッド。彼らには世話になった。彼の言う通りにしよう」

「……クラリス殿」

クラリスの判断にブレッドは小さくため息を吐き、改めてクインに向き直った。

「では、すまないが世話になる」

第三章　リンベルクの魔法騎士

詳しい話を聞くため、ジョセフ領主と共に、メラニーとクインも同席することになった。話をするのは魔法騎士団の代表のブレッド隊長と、副隊長を務めるクラリスだ。

ブレッドと話している会話から推測するに、クラリスの方が身分が高いのかもしれない。女性にしては背が高く、見る人を惹きつける中性的な凛とした顔立ちをしている。また、ピンと背筋の伸びた美しい佇まいは格式の高い出自であることが窺えた。

先ほどは仲間が倒れ、かなり取り乱していたようだが、今は落ち着いた様子で領主たちに挨拶をしている。

「しかし、どうしてリンベルクの魔法騎士が？」

「我々はリンベルクの使者としてやってきました」

「誰の使いだ？　使者がやって来るなど王都から報告は入っていなかったが……」

隣国からの使いがやってくるならば、国の玄関口であるグナーツに必ず連絡が入るはずである。ジョセフは困惑気味で息子を見る。だが、クインもそんな話は聞いていないようで、小さく首を振った。

「それは……」

領主の問いにブレッド隊長は言いにくそうに口籠った。

それを横目で見て、クラリスが代わりに答える。

「我々はフレデリカ王女の使いだ」

(フレデリカ王女様!?)

ケビン王子の婚約者の名前にメラニーは息を呑む。

「クラリス殿……!」

慌てた様子でブレッドがクラリスを咎めた。しかし、クラリスは首を振る。

「隠し立てをしても仕方ないだろう。——順序が逆になってすまないが、こちらが文証だ」

クラリスは懐から封書を取り出すとクインに手渡した。クインはそれを一読し、クラリスを見つめる。

「本物のようだな。それでフレデリカ王女は?」

「山の向こう側の町で待機しております。私たちは王女の安全確保のため、先に山を下り、交易路が通れるか下見にやってきました」

「なんと無茶なことを……。道が封鎖されていることはそなたらも知っているだろう?そもそも王女はどういうつもりでこちらに?」

　領主の苦言にクラリスが顔を曇らせた。

「それは……」

　彼らも自分たちの行動が慣例を無視した行いだと自覚しているのだろう。王女の使いが城に話を通さずに国を渡るなんてありえないことだ。しかも今は封鎖中の道である。

　しかし、彼らの様子を見るにのっぴきならない事情があるようだった。

　答えようとしない彼らにクインは小さく息を吐く。

「ケプロスなどの凶暴な魔物が蔓延っている有様だ。すまないが、王女にはそのまま待機してもらわなければならない。我が国に入って何かあれば外交問題になる。王都に使いを出し、判断を仰ぎます。あなたたちもこの館に待機してください」

　クインの言葉にクラリスは何か言いたげに顔を上げたが、ブレッドが押し止めた。

「……わかりました」

「よほどの事情がない限り、使者の皆さんを追い返す真似はしないと思います。お仲間も怪我をしていますし、治療に専念していてください」

　遠回しに大人しくしておけと釘を刺すクインに、ブレッド隊長は畏まった様子で頷くのだった。

その日の夕刻。メラニーは領主夫妻からささやかな宴の席に招待されていた。

「ごめんなさいね。本当ならもっと盛大に料理を振る舞いたかったんだけど」

サマンサが謝ったが、テーブルには王都では見たことのない郷土料理がたくさん並んでおり、精一杯のもてなしを受けていることがわかった。急に客人が増えて大変だろうに、こうしてたくさんの料理を用意してくれた気持ちだけで十分だ。

今日は元々、婚約者のメラニーが訪れたことを祝って、ちょっとした宴を開いてくれることになっていたのだが、リンベルクの使者の件があり、控えめな食事会に変更になった。

「お味はどうかしら？」

「どれも、とても美味しいです」

メラニーが笑顔で答えると、サマンサはホッとした笑みを浮かべた。

「本当に困ったことになったな。まさか、隣国の使者が訪れるとは」

「怪我人もいるようですし、しばらくこの館に滞在されるんでしょう？」

サマンサが困ったように、ため息を吐く。

リンベルクの魔法騎士たちには領主の館の離れを貸すことになり、サマンサや屋敷の使用人たちはかなり忙しかったようだ。

「母上には申し訳ありませんが、お願いします。王都に知らせを出しましたが、返答が来るのも時間がかかるでしょう」

「……あの、クイン様はフレデリカ王女様と面識はあるのですか？」

「いや、直接会ったことはない。最後にフォステールを訪問された際は、ちょうど遠征に出ていたからな」

「そうですか……。一体、どんな方なのでしょうね」

「ケビンから、芯の通った、しっかりした人だと聞いているが……事前の連絡もなしに使者に山を越えさせてくるとは……」

「何やら訳ありのようだったな」

ジョセフがワインを口にしながら、苦い顔を浮かべた。

「でも、フレデリカ王女様がこちらに来ようとしているのは良いことではありませんか？　もしかしたら、ケビン殿下に会いに来たのかもしれませんし」

メラニーは当初の目的であるケビン王子の婚約騒動について考えた。

フレデリカ王女さえ来てくれれば、白紙となっていた婚約も元に戻るのではないだろうか？　そうなれば、メラニーがケビンの新しい結婚相手という馬鹿げた話も無くなるだろう。

だが、クインは渋い顔を浮かべたままだ。

「どうだろうな。正式な通達ではなさそうだし、なんとも言えない。それに王女が無事に辿り着いたとして、交易路の問題が解決しなければ、外交は上手くいかないだろう。何にせよ、彼らの目的は聞いておく必要があるな」

「あの様子で素直に話してくれるだろうか？」

「難しいでしょうね。話の席を設けたいところですが、我々も森の調査をしなくてはいけないし……」

ジョセフとクインが困っているのを見て、メラニーも思考を巡らせる。

（クイン様は魔物討伐のお仕事があるし、領主様たちも忙しそうだわ。……お話を聞くくらいなら、私にもできるかしら？　でも、他国の人とお話なんてしたことないし、それにもし不快な思いをさせたら、国際問題にも発展するかもしれないのよね……）

責任重大な役目に怖気づきそうになったが、勇気を振り絞って発言した。

「あ、あの――！　もし、よろしければ、私が使者の方たちのお話をお伺いします」

「君がか？」

クインが驚いた顔をした。人見知りであるメラニーが言い出したことに驚いているようだった。正直に言って人と話すことは苦手だし、他国の人たちとどうやって接していいかもわからない。けれど、一人だけ何もせずに待っているのは嫌だ。

（クイン様を支えるって決めたんだもの！　私だって頑張らなくちゃ）

「それは助かるな。侯爵家のご令嬢ならば、彼らの相手として不足はないだろう。お願いできますか、メラニーさん」

「は、はい」

　ジョセフの申し出に頷くメラニーを、クインは心配そうに見つめる。

「本当に任せても大丈夫か？」

「私はクイン様たちのように森へ行けませんし、少しでもお手伝いできることがあれば、させてください」

「……わかった。正直に言うと助かるよ。何か訳ありのようだし、それとなく様子を見てほしい。もしかしたら、私が相手をするよりも、君の方が彼らも話をしてくれるかもしれないしな。よろしく頼んだ」

「はい。お任せください」

　クインから頼られたことが嬉しく、メラニーは目を輝かせて頷くのであった。


　翌日、メラニーは回復薬を手土産に、マリアを連れて館の離れを訪れた。

クインたちは今朝から西の森の調査に入っている。危険な森の調査に心配になるが、自分にできることをしっかりやらねばと気合いが入った。

メラニーは何度か深呼吸をすると、離れの扉を叩いた。

「――えっと、あなたは？」

対応してくれたのは優しそうな雰囲気をした赤毛の青年だった。突然のメラニーの訪問に驚いた様子で出迎えられる。

「こちらの館に滞在させていただいております、メラニーと申します。あの、これ回復薬です。良かったら使ってください」

回復薬を差し出すと、青年は目を瞬かせて、メラニーを見つめた。

「この薬瓶――。もしかして、昨日、解毒薬をくださったのはあなたですか？」

「は、はい。そうです」

メラニーたちが話していると、奥から女性の声がかかった。

「ラモン？　誰が来ているんだ？」

現れたのはクラリスだった。鎧を脱ぎ、ロングスカート姿の彼女は昨日の勇ましい姿とはガラリと印象が変わっている。

「ああ。昨日、領主と一緒にいた子だな」

「クラリス様。回復薬をいただきました」

「それは助かる。何ももてなしはできないが、良かったら上がってくれ」

意外にもすんなりと中に通され、メラニーはマリアと顔を見合わせる。薬を持参したおかげだろうか。マリアもそう思ったようで、「お薬を用意して良かったですね」と囁いた。

応接室に案内される。内装は本館とほとんど変わらないようだった。

メラニーとクラリスがソファに座ると、ラモンが「お茶を持ってきます」と離れた。ラモンの方がクラリスよりも年上に見えたが、立場はクラリスの方が上らしい。

改めてクラリスを観察すると、その姿勢の良さや身のこなしから上級貴族の令嬢だと窺えた。貴族の女性が魔法騎士を務めているのはかなり珍しいように思える。だが、それを言ったら、メラニーなんかは民間の学者協会に所属しているので、人のことは言えない。

「あの、長旅でお疲れのところ、お邪魔して申し訳ありません」

「いいえ。とんでもない。急な訪問にもかかわらず、離れまで用意してくださってグナーツ領主には感謝しております」

「お怪我をされた方のご様子はいかがですか？」

ケプロスの毒を受けたマルティナが運ばれる様子を見ていたので、心配だった。

「いただいた解毒薬が効いているようで、容体は安定しています」

「そうですか。良かった」

メラニーが安堵しているのを見て、警戒心が薄れたのか、クラリスは少し砕けた話し方に変えて微笑んだ。

「ありがとう。マルティナは幼い頃からの友人なんだ。君たちが来てくれなかったら、危ないところだった。礼を言う」

中性的な顔立ちからか、クールな印象を受けていたが、中身は優しい人のようだ。凛とした美しい容姿は目を惹くものがあり、女性からもモテそうな感じがした。

「いいえ、とんでもありません。あの……災難でしたね。山道は大丈夫でしたか？」

「そうだな。何度か魔物と遭遇することはあったが、なんとか。麓に降りてからの方が危険だったな。……話には聞いていたが、グナーツに今、何が起こっているんだ？」

「それを調査するために宮廷魔術師の方々が来ています」

「そうか。我々としても早く交易路が再開することを願っているよ」

「フレデリカ様を向こうに残したままでは心配ですものね」

「……まぁ、そうだな」

なぜかクラリスは曖昧に頷いた。やはり何か事情があるように見える。だが、あまりそこには触れてほしくないようで、クラリスは話題を変えた。

「ところで、侍女を従えているということは、君はこちらのご令嬢かな？」

「あ、いえ。えっと、訳あって、こちらに滞在させてもらっているんです」

「と言うと、グナーツの人間ではないのか？」

「王都から宮廷魔術師の方々と一緒に参りました」

「王都から……。どうりで素敵な指輪を嵌めていると思った。少し、見せてもらっても？」

「え、ええ」

そっと手を差し出し、クインから貰った婚約指輪をクラリスに見せる。

「――これは」

クラリスが真剣な表情で食い入るように宝石を見つめる。

「どうかしましたか？」

「……いえ、なかなか素晴らしい品だと思いまして……」

なぜだか言葉を濁し、クラリスは戸惑った様子で顔を上げた。

「そういえば、まだ君の名前を聞いていなかったな」

「え？　あ、そうですね。も、申し遅れました。メラニー・スチュワートと申します」

「スチュワート……？」

メラニーが名乗ると、クラリスは息を呑んで目を見張った。

「もしや、侯爵家の御息女か？」

急にクラリスの声のトーンが低くなる。

「え？　は、はい。そうですが……」

まさか、隣国の使者がスチュワートの名前を知っていると思わず、メラニーは驚きながら頷いた。しかし、なんだか様子がおかしい。急にどうしたのかと思っていると、突然、クラリスが立ち上がった。

「クラリスさん？」

「——帰ってくれないか」

先ほどまでの笑顔は消え、オリーブ色の瞳がメラニーを睨んだ。

「え。でも……」

メラニーは思わずマリアと顔を見合わせる。

すると、クラリスはそのまま歩き出し、部屋のドアを開ける。そこへ、茶を運んできたラモンが鉢合わせた。

「わっ⁉　クラリス様、どちらへ？」

「ラモン。客人は帰るようだ。お見送りをしろ」

「え。でも今、お茶を淹れてきたのに……」

ラモンはクラリスとメラニーたちを見比べ、困惑した表情を浮かべる。その隙にクラリスは部屋から出て行ってしまった。

「ええっと……一体、何が？」

ラモンはテーブルの上にトレーを置いて、メラニーたちに訊ねた。

「私にも何がなんだか……」

「お嬢様が名前を名乗った途端に態度を変えられまして」

　メラニーの代わりに、後ろに控えていたマリアが発言する。

「名前？」

「あの方は、スチュワート家と何か関係をお持ちですか？」

「スチュワートって……例の侯爵家の!?」

　ラモンが驚いた顔でメラニーを凝視し、急に納得したように頷いた。

「それは……ああ、そうですね。……クラリス様が大変失礼しました。実は彼女、フレデリカ様の従姉なんです」

「フレデリカ様の!?　え、でも、それと何の関係が？」

　メラニーが訊ねると、ラモンは言いにくそうに口を開いた。

「……失礼ですが、スチュワートさんは、ケビン殿下の新しい婚約者ですよね」

「ええっ!?　ど、どうして、その話を!?」

「やはり、そうですか」

「ち、違うんです！　それは勝手な噂で、私はケビン殿下と結婚するつもりはありません！」

「そうなんですか？　ですが、我々が入手した情報だと、ほぼ確定だと……」

どこから入手した情報なのだろうか。婚約の件は王都でもまだ一部の人間にしか広まっていない噂だ。グナーツ領主夫妻も知らないのに、リンベルクには王都の人間とパイプを持った人物がいるということだろうか。

メラニーは考えながら、ふと嫌な予感に襲われた。

「皆さんが知っているということは、その……フレデリカ王女様もご存じなのですか？」

「……ええ、まぁ」

ラモンは曖昧に頷く。

「そんな！」

体からサーッと血の気が引いた。

これはまずい。

「あ、あの。本当に違うんです。ケビン殿下はフレデリカ様との結婚を望んでいらっしゃいますし――」

あわあわと弁明をするが、ラモンは困ったように眉を下げた。

「ですが、婚約のお話は実際にあるんですよね？」

「そ、それは……」

「なんにせよ、今日のところはお帰りください。一応、今のお話は僕の方からクラリス様に伝えておきますが、しばらくこちらには近づかない方がいいでしょう」

やんわりと退出を促され、メラニーたちは大人しく離れから出た。

「どうしよう、マリア！」

「困ったことになりましたね」

まさか、こんな展開になるとは予想だにしなかった。

（ケビン様と私の婚約の話がすでにフレデリカ様に伝わっているなんて……。どうすればいいの⁉）


その日の夕刻。クインが帰宅するのを待って、メラニーは離れでの出来事を話した。

「そうか、すでに王女の耳に入っているのか……」

話を聞いて、クインが額に手を当てて唸る。

「あちらの事情を窺うどころか、関係を悪化させてしまったようで、お役に立てず、すみません……」

メラニーがしょんぼりと項垂れると、クインは慰めるように頭を撫でる。

「婚約の件を知っているというだけでも十分な情報だ。隣国の情報網も侮れないな。だが、この噂を知っているにもかかわらず、グナーツに渡ろうと考えているのが不思議だな。まさか王女自ら、直談判をしにくるということだろうか？」

「そうですね。クラリスさんはフレデリカ様の従姉妹らしいのですが、私の正体を知って大変ご立腹されていたので、フレデリカ様はまだケビン王子との結婚を望んでいるかと思われます」

「ふむ。なるほどな。フレデリカ王女の従姉妹か」

クインは腕を組み、何やら考え込んでいる。

「クラリス様がどうかされましたか？」

「いや、なんでもない。この件に関してはケビンに手紙で伝えておこう」

「お願いします。あの、……クイン様の方はいかがでしたか？　今日は西の森に入ってみたのですよね？」

「ああ。兵士たちの言うように、随分と様子が変わっていた。鳥や動物がほとんどいなくて、妙な感じだったよ」

「何が原因なのでしょうか？」

「わからない。魔物を討伐しつつ調査にあたる予定だが、西の森は広いから時間がかかりそうだな」

魔物討伐だけでなく、異変の原因を探ることになり、大変そうだ。

「……帰りに改めて町の様子も見たが、皆、困窮しているようだ。兵たちも随分、疲弊しているし、遠征が遅れていたらグナーツは危なかったかもしれない……」

クインは表情を曇らせ、息を吐く。両親がグナーツの現状を知らせてくれなかったことを引きずっているようにも見える。

（こんなに大変な状況なのに、領主様がクイン様に相談されなかったのは、どうしてなのかしら？）

もしかしたら、親子関係があまり上手くいっていないのかもしれない。決して仲が悪いわけではなさそうだが、館に来てからも仕事以外の話をしている様子もないし、なんだか親子なのにどこか事務的な印象を受けていた。

ジョセフ領主がクインに対し、グナーツの危機的な状況を伝えていなかったことも、ここに原因があるような気がした。

「……差し出がましいようですが、ジョセフ様はクイン様に遠慮されているのではないでしょうか？」

親子なのに遠慮するのもおかしな話だが、クインは幼い時に親元を離れ、王都へ出ている。普通の親子とは関係が違うのかもしれなかった。

「そうかもしれないな。私は父の跡を継がないし、そのことで、余計に気を遣わせているのかもしれない。……君には前に話したよな？」

「はい。グナーツの領主は、クイン様の従弟が継がれるんですよね」

「ああ。そうだ」

婚約する際に、クインからその辺りの事情は聞いていた。

フォステール王国では地方貴族と王都の官僚を比べた場合、出世のことを考えれば王都の官僚の方が優っていることがある。特にクインの場合は国一番の宮廷魔術師として活躍している上に、ケビン王子とも親しい。それに領主として生きるより、魔術師として活躍する方がクインの性分に合っているのだろう。そういった理由から跡目は継がないと決めたそうだ。

「二人からは特に反対されなかったが、やはり思うことはあるだろうな。君の言うように、そのせいで気を遣われているのかもしれない。私とて、グナーツの経営にどこまで口を挟んでいいものか、わからない時がある。きっと、父も同じなのだろう」

「……クイン様」

「すまない。君にこんな話をするつもりはなかったのだが」

「いいえ、お話しいただけて嬉しいです」

クインはなかなか自分のことを話してくれない人だ。だから、こうして思っていることを話してくれて素直に嬉しい。それに、メラニーも自分の両親に対して、遠慮をしていたからクインの気持ちがよくわかった。魔力がほとんどないメラニーは幼い時からずっと家族に申し訳ないと思い、随分悩んだものだ。

「一人で抱え込まないでください。私はクイン様の婚約者ですもの。なんでも言ってください。一緒に考えましょう」

「ありがとう、メラニー」

クインは礼を言って、メラニーを抱き寄せた。

「君を連れてきて、良かったと思う」

その言葉に、自分の存在がクインの拠り所になれたらと願う。その一方で、もっと彼の力になりたいと思った。

（――やっぱり、もう一度クラリスさんに会いに行こう）

翌日、メラニーはマリアと共に再び離れを訪ねていた。

だが、そこにクラリスの姿はなかった。

「すみません。クラリス様は出ております」

今回も対応してくれたのはラモンだった。ラモンは申し訳なさそうに眉を下げる。

「そ、そうですか……」

いきなり出端を挫かれてしまった。大人しくしているようにクインが忠告したはずなのに、どこへ出かけたのだろうか。怪訝に思いつつ、これからどうしようかと考える。

「あの……あれから、クラリスさんは？」

「話はしたのですが、聞く耳を持たないという感じですね。当分、クラリス様には近づかない方がいいかと。昨日の様子でもわかったと思いますが、彼女、怒ると怖いので」

確かに昨日のクラリスの豹変した態度は怖かった。だが、このままというわけにもいかない。

「あの、私には別に婚約者がおりまして、このグナーツに来たのも、彼の両親にご挨拶をするためなんです」

ラモンにクインのことを話す。

「なるほど、そうですか。しかし、それをクラリス様が素直に信じるかどうか……。一応、伝えておきますが」

「よろしくお願いします。……あの、私からも一つお訊ねしたいのですが、フレデリカ様はケビン殿下との結婚をまだ望んでいるということでよろしいのでしょうか？　山を越えようとしているのも、その辺りに関係が？」

「すみません。僕の口からは、その辺りの事情は……」

「そ、そうですよね。失礼致しました」

結局何の収穫もなく、メラニーはマリアと共に離れを退出し、本館へと戻った。

しかしそこで、そのクラリスら一行と廊下で遭遇する。

「ク、クラリスさん――っ！」

思わず駆け寄ろうとしたが、クラリスは冷たい目でメラニーを睨む。

（――っ！）

メラニーが怯んだ隙に、クラリスはさっさと行ってしまう。他のメンバーもメラニーのことを聞いているのか、ブレッド隊長を含め、同様に通り過ぎていった。

「……行っちゃったわ」

あの様子では取り付く島もなさそうだ。マリアも同じことを考えていたようで、「当分誤解は解けそうにないですね」と呟く。

「そうね。ラモンさんがもう一度話してみると言ってくださったけれど、難しいかもしれないわ。……どうすれば誤解が解けるかしら？」

「いっそのこと、お二人の仲睦まじいところを見せつければ、納得するのでは？」

マリアが真顔で言った。

「見せつけるって……」

恥ずかしい提案に耳が熱くなる。果たして、そんなことで納得してくれるものだろうか？　けれど、本当にどうしようもなくなったら、最後の手段として考えておこう。

「――おや。話し声が聞こえると思ったら、メラニーさんでしたか」

近くの部屋のドアが開き、ジョセフが顔を出した。どうやらクラリスたちが訪れていたのは、領主の執務室だったらしい。

「ジョセフ様。……あの、リンベルクの方々は何をしに？」

メラニーが訊ねると、ジョセフは困った様子で執務室に招いてくれた。

「クインたちの手伝いをしたいそうだ」

「え？　森の調査をですか？」

「ああ。ここに滞在する間、ただ王都からの返事を待っているのも申し訳ないと言われてね。それに、フレデリカ王女を迎え入れるためにも魔物の討伐に協力したいそうだ。気持ちはわかるが、リンベルクの使者にそのような危険な真似をさせるわけにもいかないし、困っていたところだよ。クインが戻ってきたら、相談しなくてはいけない」

「……私が間に入る予定でしたのに、お役に立てずに申し訳ありません」

「メラニーさんが謝ることではないさ」

ジョセフはフォローしてくれたが、かえって情けなくなる。

「ああ、そうだ。メラニーさんにはお礼を言わなければ」

「え？」

「王都から大量の治療薬を持ってきてくれただろう？　砦を守る兵士たちも喜んでいたよ。本当にありがとう。それに砦に設置した魔法陣も君が手がけたものだと聞いたよ。あれのおかげで砦付近に魔物が近づいてこないようだ」

簡易版の魔法陣とは違い、オリジナルの守護の魔法陣の方はグナーツの魔物にも有効らしい。クラリスたちのことは失敗してしまったが、役に立てたことがあって、メラニーはホッと胸を撫で下ろした。

「それと——クインから頼まれていたが、うちの書庫室で調べ物をしたいそうだね」

「は、はい」

「参考になるものがあるかわからないが、好きに使ってくれて構わない。もし今時間があれば書庫室に案内しよう」

「本当ですか！　ありがとうございます！」

（クイン様、調査で忙しいのに、ジョセフ様にお話を通してくださったんだわ）

ジョセフの厚意に甘えて、書庫室へと向かった。

「まぁ、古い本がたくさん！」

実家の書庫や王立図書館に比べたら圧倒的に蔵書数は少ないが、国境に位置するグナーツだけあって、他国に関する本が多くあった。中には歴代のグナーツ領主が記した手記などもある。グナーツは歴史ある領地のようだし、もしかしたら、この中に守護の魔法陣作りに役立つ本があるかもしれない。

「魔術に関する書物もたくさんありますね」

「ああ、その辺りはクインが幼い時に集めた本だな。王都から帰ってくる度に置いていったものもある」

ジョセフは懐かしそうに目を細めて話す。

「昔から頭のいい子だったが、まさかこんなにも有名になるとは思っていなかったよ。田舎出身で後ろ盾もない中、己の身一つであれほど出世するのだから、我が息子ながら大したものだ。王都に出して正解だった」

ジョセフの言葉に、メラニーは少し驚いた。どうやら、彼はクインが跡目を継がないことを気に病んではいないようだ。

「……あの、クイン様の従弟の方が領主を継がれると伺いましたが、その方は今どちらにいらっしゃるのですか？」

「ああ、彼なら今、周辺の領地を回っているんだ。交易路が封鎖されて、行商人が来なくなってね。新しい販路も見つけなくてはいけないし、なかなか大変だよ」

ジョセフは憂い顔を見せる。クインの言っていたようにグナーツの経営は切迫しているようだ。

「本当にクインが来てくれて助かるよ。――実はサマンサも心労が祟って、少し前に倒れたばかりでね」

「え？　それは大丈夫なのですか？」

その話は初耳だった。

「心配をかけるからクインには内緒にしてくれ。それに、クインが婚約者を連れて帰ってくると聞いた途端、元気になったからもう大丈夫だ。これもメラニーさんのおかげだね」

「……」

「さて、古い本はこっちの棚にある。よければ、解読した内容を教えてくれると助かるよ」

ジョセフが書庫室を出て行った後、メラニーは物思いに耽っていた。

(家督を継がないことで、クイン様がご両親に対し遠慮していたけれど、ジョセフ様も同じだったんだわ)

ここまでグナーツが危機に瀕していることを伝えなかったのも、王都で活躍している息子に心配をかけたくなかったからだろう。互いが互いを思い遣っているゆえに引け目を感じている姿が、見ていてもどかしかった。

(なかなか難しい問題だわ)

彼らの間を取り持つにしても、まずはグナーツの魔物問題をなんとかしなくては話が進まないだろう。

ケビン王子との婚約の話から始まり、グナーツの魔物問題やリンベルクの使者のこと、そしてクインと両親の関係と、色々心配なことが重なり、メラニーは小さくため息を吐くのだった。

書庫室で調べ物をする日々を過ごしていたある日のこと。以前にクインと約束していた古い石碑巡りをするためにメラニーは町を訪れていた。

本当はクインと一緒に巡る予定だったのだが、魔術師団を仕切るクインは忙しいため、代わりに砦の兵士の一人が案内してくれることになった。その他に、ディーノとカルロスが護衛としてついてきてくれた。

「ディーノさんたちまで付き合わせてしまってすみません」

町を歩きながら、メラニーは二人に謝る。すると、カルロスは笑顔で首を横に振る。

「いいえ。思ったより危険な魔物が多いみたいで、僕やサルマ君はなかなか魔術師団に同行できない状態なので、気にしないでください」

そのサルマは宿で留守番しているらしい。

「僕もクイン様の命令だから別に……」

なんだか、ディーノの元気がない。ひょっとして、連日の森での調査と魔物討伐で疲れているのだろうか。クインの話では、魔物の中には、ケプロスのように興奮状態だったり、警戒心が異様に強いものがいたりと、討伐するにも一苦労だと聞く。遠征に慣れていないディーノはさぞかし苦労しているのではないかと心配していると、カルロスがそっと耳打ちをする。

「実はディーノさん、この間の失敗を引きずっているらしいです」

「失敗って……。あっ、もしかして、レイグナーの件ですか？」

「そうです、そうです。あの時、捕獲する予定が誤って丸焦げにしてしまったらしくって」

「カルロス？　聞こえているんだけど？」

こそこそと話していると、ディーノが睨んだ。

「だから、あれは僕だけのせいじゃないんだって！　ラインハルト先輩が火の魔法を指定したのに、全部僕のせいにされるんだもん！　もう嫌になっちゃうよ。デリック副団長に怒られちゃうし、散々だったんだよ。……はぁ、僕って魔物討伐の仕事向いてないのかな」

怒ったり、落ち込んだりと、相当参っているようだ。

「そんなことないですよ。僕からしてみれば、ディーノさんだって優秀な魔術師です」

「そうですよ。クイン様もあとは経験を重ねるだけだって言っていたじゃないですか」

「――二人とも。ありがとう。こんなこと言ってくれるの、二人だけだよ。周りは先輩ばかりだから、肩身が狭くてさ……」

ディーノの気持ちが浮上したところで、一つ目の石碑に辿り着いた。

「この石碑は、何かの地名を表した看板みたいなものですね」

グナーツの入り口にあったものとよく似ている石碑だった。メラニーが岩に書かれた文字を解読すると、案内役の兵士が驚いた顔を見せる。

「へぇ！　お嬢さんは学者さんか何かですか？　よくおわかりで。大昔はこの辺りはいくつかの集落に分かれていたんですよ。ここはその内の一つです」

「大昔って、古代語が使われた時代だよね。よくこんな古いのが残っているよね」

「田舎ですからね。わざわざ壊す理由もないんですよ」

ディーノの言葉に兵士は笑う。だから地方には古い遺物が残りやすいのかもしれない。

その後も町に残っている古い石碑などを案内してもらった。墓標だったり、何かの記念碑だったりと内容は色々で、なかなか興味深かった。ただ、守護の魔法陣の改良に役立ちそうなものを期待していたのだが、ヒントになりそうなものがなかったのは残念だった。

一通り回り終わったところで、兵士が「お疲れでしょう。良かったら、私どもの宿舎でお茶を出しますよ」と、提案してくれた。お言葉に甘えて、メラニーたちは兵士たちの宿舎へと向かう。

彼らの宿舎は砦の隣にあり、メラニーはその近くでラモンの姿を見かけた。

（あら？　ラモンさん？）

もしかしたら、巡回中なのかもしれない。

実はあれから、クインたちとの話し合いの下、彼らには森の調査ではなく、町の警護をお願いすることになったのだった。クインから聞いたところによると、町周辺の森に近い場所で彼らは大活躍しているそうだ。特に隊長を務めるブレッドの腕は確かなようで、危険な魔物も次々と倒しているらしい。ケプロスに襲われたのは不意を突かれたことと、生態を知らなかったので不覚をとったのではないかとクインが語っていた。

（そういえば、クラリスさんにお話ししてくれたかしら？　クラリスさんたちが町の警備についてしまって、離れに伺ってもいつも留守なのよね）

一言声をかけたかったが、ディーノたちが宿舎に入ってしまったので、諦める。

宿舎で休憩しながら、ディーノに森での調査について訊ねる。

「まだ森の異常の原因って、わかっていないんですよね」

「そうだね。森は広いし、魔物も多いからまだ時間がかかりそうだよ。逃げたケプロスも見つかっていないし。せめて巣穴が見つかれば話は早いんだけど」

「結構大きな鳥ですよね？　木の上などに巣を作っているのですか？」

メラニーの疑問にカルロスが答える。

「ケプロスはその身を隠すために、木の上じゃなくて洞窟などに巣を作るそうですよ」

さすが、魔物の専門家のカルロスだ。ケプロスの生態についても詳しい。

「じゃあ、洞窟を探していけば」

「それが、西の森の奥の方は人が立ち入らない場所だから、地図でも洞窟の場所とかわからないんだよね」

「……あのー、そのことなんですが。もしかしたら、お力になれるかもしれません」

話に割り込んだのは案内役の兵士だった。

「え？　どういうことですか？」

「兵士たちが管理している書物の中に、森について書かれた古い地図や本があるんです。かなり古いもので今まで読める者もいなかったのですが、皆さんなら読めるのではと思ったので。……よかったら見てみますか？」

意外な申し出があり、メラニーたちは顔を見合わせる。

「は、はい。是非！」

お願いすると、兵士は古い巻物や書物を持ってきてくれた。

「古代語のものですね」

メラニーはボロボロの巻物を慎重に開き、その文章を読んだ。グナーツ周辺の森について書かれたもののようだ。

「こっちが古地図？　なんだか、あんまり見慣れない印がついているね」

ディーノとカルロスがテーブルに古地図を広げて、首を傾げる。

「こちらの巻物に、その印についての説明が書いてあるみたいですね。えっと……三角が重なったところが魔物の多い場所で、二重丸が池や湖を示すみたいです。あとは――」

「待って待って！　僕らが使っている地図と照らし合わせてみよう」

ディーノがローブの中から折り畳んだ地図を取り出して、古地図と並べた。メラニーが解読した内容を古地図と合わせて説明すると、ディーノとカルロスが自分たちの地図に書き加える。

「こうしてみると、森の形や湖や川なんかの場所は変わってないですね」

「だけど、魔物の分布図は全然違うね。まぁ、何百年も前のものだから当然か。この辺なんかは集落もあったみたいだし」

ディーノが地図を指して言うと、見ていた兵士が発言する。

「ああ、その辺りは、今でも集落跡が残っていますよ。元々、その辺りは魔物が出ない場所なんです」

「へぇ。そういうところもあるんですね」

「うーん、ケプロスの巣がありそうなのは、この辺ですかね。位置的には隣のレストベール領地との境界にあたるのかな？」

カルロスが書き加えられた地図を睨みながら推測する。

レストベール領は、グナーツ領とベルタール領に挟まれた領地で、グナーツとは西の森で繋がっている。

カルロスが示した場所を見て、兵士が渋い顔をした。

「この辺りは地形が入り組んでいるので、地元の人間はまず立ち入らない場所ですね」

「クイン様たちが帰ったら、早速お話ししてみましょう」

意外な収穫にホクホクしながら、兵士に礼を言って、宿舎から出る。

すると、ちょうど砦の前で一人の若い女性魔術師と鉢合わせた。

「誰かと思ったら、ディーノじゃない？　それにイーデン学者協会の方に……、あら？　珍しい方もいるのね」

長い髪をまっすぐに下ろした女性がメラニーの姿を見つけて目を細める。彼女の姿は、今までも何度か見たことがあった。ディーノよりも少し年上の魔術師団のメンバーだ。

「ブレンダ先輩？　森の調査はどうしたんですか？」

「少し気分が悪いから早めに戻ってきたの」

そう言って、ブレンダは額に手をやる。確かに顔色がよくなさそうだ。

「一人で戻ってきたんですか？　危険ですよ」

「さっきまでラインハルトが一緒だったの。町に用事があるからって、そこで別れたけど」

ラインハルトの名前にディーノは僅かに眉を顰める。

「ラインハルト先輩も気が利かないですね。宿まで送ってあげてもいいのに。ブレンダ先輩、僕が宿までご一緒しますよ。カルロスはメラニーを送っていって。さぁ、先輩。行きましょう」

「え、ええ」

ブレンダは名残惜しそうにメラニーの方を見たが、ディーノに促され、諦めて宿の方へ歩いて行った。彼女の意味深長な目線に疑問に思っていると、カルロスが言った。

「彼女、メラニーさんとお近づきになりたいようですね。何度かメラニーさんのことを聞かれたことがあります」

「私のことをですか？」

「メラニーさんは有名ですから。気になっている人は多いみたいですよ。あ、もちろん、ブランシェットさんからメラニーさんのことは話さないように言われていますので、安心してください。ディーノさんやデリックさんも目を光らせていますし」

どうやら、ディーノがブレンダを送っていくと言ったのも、ただの親切心からではなく、メラニーに近づけさせないようにするためだったらしい。意外なところでクインから守られていたと知り、メラニーは驚く。

（もしかしたら、私が気づかなかっただけで、クイン様は色々と根回しをしていたのかもしれないわ。帰ったら、今日の発見と一緒にお礼を言っておこう）

メラニーからの報告を受け、クインは隊を率いて、洞窟を探していた。この辺りは昔から魔物が多く、滅多に人が足を踏み入れる場所ではない。そのため、一行は獣道を注意深く進んでいた。

「この辺りで少し休憩にしよう」

少し開けた場所を見つけ、クインが他のメンバーに呼びかけると、各々馬から降りて休憩に入る。皆、連日の森の探索で疲労の色が濃い。

今日はこの辺りで引き上げるか迷っていると、メンバーの一人が声を上げた。

「これ以上進むと、日が暮れますよ。こんなところにケプロスの巣穴があるとは思えませんけれど？　誰からの情報ですか？」

疲れまじりに文句を口にしたのはラインハルトだ。

そこへブレンダが近づき、得意げに発言する。

「私、スチュワートさんが関係していると聞いたわ」

「ブレンダ。それ、本当か？」

「ええ、砦の兵士に聞いたの。詳しいことはわからないけれど、あのお嬢様も町で何か調べ物をしているみたい」

「へぇ。さすが、クイン様の愛弟子だ」

ラインハルトが意味ありげにクインの方を見た。彼らの話を聞いて、他のメンバーもチ

ラチラとクインの方を窺っていた。クインはそれらを無視し、彼らから少し離れる。

多方面に活躍するメラニーに興味を持つ魔術師は多い。彼らもその一人なのだろう。た

だの興味本位や、スチュワート家に近づきたいという理由ならいいが、どこにユスティー

ナ王女と繋がる人間が交ざっているかわからない。

（——館にいれば大丈夫だとは思うが、やはり心配だな）

クインがメラニーのことを考えていると、突然、デリックが声を上げた。

「おいおい、どうした？　大人しくしろ」

「デリック、何があった？」

「いえ、急に馬が暴れ出して……」

そう言って、デリックは馬を宥める。馬は森の奥の方を警戒しているようだった。

「魔物ですかね？」

「そうかもしれない。——皆、警戒をしろ」

クインたちは馬を置いて、奥へと進むことにした。

「何か、異臭がしませんか？」

デリックが鼻を鳴らして、周囲を嗅ぐ。

「水の流れる音も聞こえるな。近くに川があるのかもしれない」

川のせせらぎが近づくにつれ、異臭も強くなってきた。

ほどなくして、川に辿り着いたクインたちは異様な光景に目を見張った。川の水が黒く澱み、酷い悪臭が漂っている。

「うっ。臭いが酷い。目も痛くなってきた」

他のメンバーも川の悪臭にローブの袖で口元を押さえる。

「皆、保護魔法をかけるんだ。何かの毒かもしれない」

クインは指示を出し、全身に保護魔法をかけた。これで多少なら毒物に触れても問題ない。

「これは何が原因でしょうか？」

「水源を辿ってみるか」

デリックと相談していると、ラインハルトが嫌そうな顔をした。

「さすがにこれ以上は危険じゃないですか？　今日は一旦、出直した方が……」

「ラインハルト。お前、さっきから文句ばかりだな。今日の探索に志願したのはお前の方だろう。文句を言うなら、一人で帰れ」

デリックが叱ると、ラインハルトは不満そうな表情を浮かべながらも、渋々ついてきた。

上流に進むと、更に臭いも強くなる。

「――これは！」

川の水源を辿った先に、紫にも黒にも見える禍々しい色をした大きな湖が広がっていた。

調査に大きな進展があったと、その日の夜にクインがメラニーの部屋を訪れていた。

夕食の時間を過ぎて、ようやく館に帰ってきたクインは酷く疲れた顔をしていた。

そんなクインを気遣い、マリアがハーブティーを用意する。

「――湖ですか？」

「ああ。残念ながらケプロスの巣穴は見つからなかったんだが、代わりに毒に汚染された湖を発見した」

お茶を一口飲み、クインはため息を吐く。その見るからに疲れた様子からは、色々と大変だったことが窺われた。

「幸いにも、町へ繋がる川とは繋がっていないようだ。それでも、しばらくは周辺の調査が必要だろう」

「毒に汚染されていたって、何が原因なのですか？」

「リーラギフトだ」

「リーラギフト？　魚の？」

見たことはないが、名前だけはメラニーも知っている。食用としてではなく、魔術の素材として有名な魚である。

しかし、リーラギフトはフォステールでは滅多に出回らない魚だ。少なくとも、フォステールに生息しているという話は聞いたことがない。その鱗は主に闇魔法や呪い系統の魔術の高級素材として高値で取引されている。

「そうだ。私も生態までは詳しく知らなかったが、カルロスの話では体内に多く毒をもっており、成長する過程で体外に毒を吐き出すそうだ。実際に何匹か捕獲できたから、調べさせている」

「……リーラギフトは元々その湖に生息していたのでしょうか？」

「いや、今まで聞いたことがない。勝手に繁殖する魚ではないし、誰かが故意に湖に放したと考えるのが自然だ」

「そんな……」

「推測だが、西の森の異変の原因は汚染された湖だろう。……リーラギフトの毒は劇薬だ。汚染された水を口にすれば、酷い興奮状態を引き起こす」

「じゃあ、リンベルクの使者を襲ったケプロスも」

「恐らく、その毒によるものだろうな。ブレッドたちの話を聞く限りでは突然襲いかかってきたと言うし、グナーッに入った時に我々を襲ってきたレイグナーも同じだろう。あれも興奮状態だったと聞く。でなければ、魔法陣に近づいてこないはずだ」

なんて恐ろしいことが起こっていたのだろう。メラニーがゾッとしていると、今まで静かに控えていたマリアが口を開いた。

「──あの、お嬢様。少しよろしいですか？」

「どうしたの、マリア？」

「……リーラギフトの鱗は、魔術の素材として使われていますよね？」

マリアにしては歯切れが悪い。

「何か知っているの？」

「実は……一年ほど前でしょうか。スチュワートのお屋敷に勤めている時、商人が売りに来たことがありました。非常に珍しい品で旦那様が購入されていたのを覚えています」

「お父様が⁉」

「ええ、使い魔の調教用にと」

「ああ。そういう使い方もあるものね」

一瞬、父がこの件に関与しているのかと思って焦った。メラニーは肩の力を抜き、ベッドの上で丸くなっているメルルに目を向ける。使い魔を作ることはスチュワート家に代々受け継がれてきた高度な魔術だ。調教用に珍しい素材を買うことも多い。

「売ったのはどこの商人だ？」

「スチュワート家が懇意にしている商人ですが、色々な伝手から変わった品を集めている店ですので入手先はわかりかねます。ただその時、商人が今後も手に入る予定があると仄めかしておりました。ですが、私もお嬢様に仕えることになったので、今も取引があるかはわかりません。スチュワート家に連絡を取ってみましょうか？」

「そうだな。今回の件と関係があるかわからないが、今は少しでも情報が欲しい」

「わかりました」

（リーラギフトの売買目的でグナーツの森を利用したということ？　一体、誰がそんな酷いことを……）

「調教用の素材か……」

クインが難しい顔で呟く。

「どうかされましたか？」

「……魔物を操ることができると聞いて、グランウルスの件を思い出していた」

言われてハッとする。

守護の魔法陣を披露する直前に現れたグランウルスは異様な興奮状態だったことを思い出す。王都近郊の森に生息しないはずのグランウルスが現れたことは未だ原因不明だったが、ケビンはユスティーナ王女側の人間が仕組んだのではないかと疑っていた。

「まさか、ユスティーナ様を疑っているのですか？」

「王女本人……というわけではないが、関係がないとも言い切れない。グナーツの交易路が使えなくなることで得をするのは誰だと思う？」

「得ですか？」

メラニーは頭の中で地図を思い浮かべる。

「――まさか、ベルタール領ですか⁉」

王弟領地のベルタールはグナーツの交易路の代わりにリンベルクとの交易を担おうと画策している。噂ではその王弟とユスティーナ王女は繋がっているという話だった。

そして、メラニーとケビンの婚約話も発端は彼女だ。

全ての糸がユスティーナ王女に繋がっていることにゾクリと背筋が凍えた。

「これは、あくまでも私の推測に過ぎない」

クインは静かに言い、メラニーを見つめる。

「ただ、気をつけた方がいいかもな」

マリアも険しい顔をする。

「そうですね。お嬢様もお一人にならないようにくれぐれもご用心ください」

「ええ、わかりました」

なんだか急にきな臭くなったようで、メラニーは不安げに頷いた。

第四章　浄化薬作り

『あの、ところで。その汚染された湖は元に戻るのですか？』

『それにはまず、リーラギフトを全て捕獲する必要がある。取り扱いにさえ注意すれば捕まえることは難しくないので、そこは問題ないが……。リーラギフトを除去しても、汚染された水質は完全には元に戻らない』

『そんな……。浄化魔法や浄化薬を使って綺麗にすることはできないのですか？』

『どちらも難しいな。浄化魔法は高度な魔法で扱える者も少ない上に、湖のような広範囲には向かない魔法だ。それに、リーラギフトの毒性はかなり強力なものだ。既存の浄化薬では浄化は難しい』

『では、もっと効果の高い浄化薬を作れば……』

『そうだな。それしか方法はあるまい。だが、それもまずは周囲の調査が終わってからになるな。他にもリーラギフトに汚染された川や湖がないか、調査をする必要がある』

　メラニーは昨日のクインとの話を反芻し、ため息を吐いた。

　調べ物をするため、今日も書庫室にいた。

（私にも何かお手伝いできないかと思って、浄化薬の作り方を調べてみたけれど、作り方が複雑な上に量産も難しい薬みたい。改良するにしても時間がかかりそうだわ）

読んでいた魔術書を閉じ、書棚の中に戻す。

（ここにある魔術書も一通り読んでみたけれど、湖のような膨大な量の水を一気に浄化する薬なんてないみたい。……古代魔術から何かヒントを得られないかしら？）

メラニーは実家から持参した古代魔術に関する本を手に取る。

何かの役に立つかと思って、薬に関する本を持ってきたわけだが、一応この本にも浄化薬の作り方は載っていた。だが、材料は聞いたことのない素材ばかりでとても作れそうもない。まだ、知っている素材ならば、効能から代用できるものを探すこともできるが、知らないものばかりではメラニーでもお手上げだった。

（こんな時、オーリーさんたちがいれば相談に乗ってくれるのに……）

他に参考になりそうな本がないか、メラニーは書棚を見回す。

あと読んでいないものは他国の言語で書かれた書物と歴代領主たちの手記くらいである。

他国の書籍に関しては読めないので置いておくとして、歴代領主の手記に関しては、最初の頃に数ページ読んでみたのだが、地方独特の言い回しが多い上に、手記だけあって、悪筆のものや誤字も多く、すぐに読むのを止めてしまっていた。しかし、今は他に読むものもない。メラニーは一縷の望みをかけて、手記を読むことにした。

一番古い手記はフォステール王国創立の頃のものだ。この時代の書物がグナーツに残っていることに感動を覚えつつ、傷んだページを丁寧に扱いながら捲る。

悪筆と格闘しながら読み進めていると、気になる文章に出くわした。

「『フォステール王に仕えし、魔術師……が眠る』。え？　これって、あの初代フォステール王に仕えていた伝説の魔術師のこと？」

手記によれば、彼は人生の最期をこの地で過ごしていたらしい。

「グナーツに……あの魔術師が……」

初代フォステール王に仕えていた魔術師たちはこの国のおとぎ話になっているほど有名な英雄だ。彼らの功績は大きく、史実には残っていないが、王都の城壁にある巨大魔法陣も彼らの手によるものではないかとメラニーは考えていた。

（その彼らの一人がこの地で終わりを迎えた。——もしかして、城壁の魔法陣のように何か残っているかもしれない……）

あの魔法陣は魔物や敵兵から王都を守るために作られたものだ。しかし、魔物が出るのは王都だけではない。

特に魔物が多い地域、例えばフォステールの玄関口を担うグナーツ領は本来なら特に守られるべき場所だ。伝説の魔術師がこの地にいたのなら、城壁の魔法陣と似たものがあってもおかしくはない。

（ううん。グナーッだけじゃないわ）

近年、王都近くに急激に魔物が増えたのは、城壁の魔法陣の長年に及ぶ効果が切れたためだ。今、各地で同様の魔物被害が増えているのも、もしかしたら同じ理屈なのではないだろうか。

「王都の他にも同じような魔法陣があるかもしれない――」

メラニーは本を持って、立ち上がる。

「どうして思いつかなかったのかしら？　急いでクイン様に知らせなきゃ！」

今日は宮廷魔術師たちと町の兵士の代表者たちが集まる定例会議の日なので、クインは館にいるはずだ。できるだけ、他の魔術師たちから距離を取るよう言われているので、クインが部屋に戻る時間を待つべきかと思ったが、早くこの事を知らせたい。

マリアと共に、会議に使用されている大広間に向かうと、ちょうど大広間から出てきたクラリスたちと鉢合わせた。どうやら、会議にはリンベルクの魔法騎士の面々も参加していたようだ。

「……」

相変わらずクラリスは、メラニーをフレデリカ王女の敵だと思っているようで、冷たい視線を向けて通り過ぎていった。

その背中を目で追い、メラニーは考える。

（まだ誤解は解けてないみたい……。どうしたらいいのかしら？）

「まだ、お部屋に人が残っているようですね。出直した方がよろしいのでは？」

マリアがドアの隙間から中を覗き込んで言う。

そうするべきかと悩んでいると、部屋の中から女性の甲高い声が聞こえてきた。

「だから、それが贔屓だと言っているんです！」

大きな声に驚き、メラニーとマリアは顔を見合わせ、部屋の中を覗いた。

部屋にはまだ数名の宮廷魔術師たちが残っていた。

クインに向かって意見を述べているのは、ブレンダだった。

「先の湖の発見は彼女の助言があったからですよね？　だったら、私たちと一緒に調査に加わるべきなのではないですか？」

（……もしかして、話題にしているのは私のこと？）

ざわりとした嫌な感覚が胸に広がった。

「ブレンダ、君は何か勘違いをしていないか？　前にも言ったが、メラニーは宮廷魔術師ではない。魔物討伐の経験もない彼女を森に入らせるわけにはいかない」

「だったら、せめて湖の浄化を手伝ってもらうべきでは？　彼女、魔術品評会で広範囲の魔法は使っていましたよね。今回もそれを応用すれば良いのではありませんか？」

「披露したのは回復魔法だ。浄化魔法ではない」

「そこは応用して、浄化魔法を組み込めば可能ではありませんか？　なんせ宮廷魔術師でもないのに、例の魔法陣の発案をされるくらいですもの。古代魔術に精通しているとも聞きますよ。そんな優秀な方なら、それくらい簡単なのでは？」

「浄化魔法は高難易度の魔法だ。簡単に扱えるものではない。……それに広範囲魔法は術者への負担も大きい」

「……自分の婚約者だからと少し甘いのではないですか？　宮廷魔術師ではないというのなら、同じ学者協会の二人はどうなんです？　彼らは森に入っていたじゃないですか。クイン様の弟子というのなら尚更です」

「彼らは自ら志願して調査に加わっているし、森の歩き方も熟知している人間だ。そんな彼らだって、危険な森の奥へは入っていない。君の言う適材適所という話なら、メラニーを探索に加えるべきではない。――この隊の指揮を執るのは私だ。これ以上、何か申し立てがあるというなら、この遠征部隊から抜けてもらっても構わない」

クインの強い言い方に、様子を見ていた若い男性魔術師がブレンダの肩に手を置いた。

「ブレンダ。それくらいにしておくんだ」

「ラインハルトだって、そう言ってたじゃない！　どうして止めるの？」

ブレンダは興奮気味に叫ぶと、ラインハルトの手を振り払い、ドアの方へ歩いてくる。

メラニーたちは咄嗟に近くの柱に隠れようとしたが、その前にブレンダがメラニーの姿を視界に捉える。

ブレンダは足を止め、ギラギラと興奮した目をメラニーに向けた。

「貴族のお嬢様は守ってくれる恋人がいていいわね。どうせ、クイン様がいなくちゃ何もできないんでしょう？」

きつい言葉にメラニーは固まった。

「お嬢様に対して何を！　無礼ですよ！」

マリアが間に入ろうとすると、ブレンダはフンと鼻を鳴らして去っていった。

「――ブレンダ！」

ブレンダを追って、ラインハルトが部屋から出てきた。

ウェーブがかった髪を後ろに流した、見目の良い青年だ。ラインハルトはブレンダ同様、メラニーの姿に気づき、ぎくりと立ち止まる。

「これは、スチュワートさん……。もしかして、今の話、聞いていましたか？　……すみません。彼女、調査に疲れているみたいで。普段はあんなことを言うような悪い子じゃないんです」

愛想笑いに表情を切り替え、ラインハルトはブレンダを庇った。

「ただスチュワートさんが手伝ってくれるとありがたいなと思っただけで、誤解しないでやってください。それにブレンダだけじゃなくて、他のメンバーもそう思っています。ああ、そうだ。今回の湖の発見もスチュワートさんが関わっていると聞きましたよ。やはり、クイン様の弟子は違いますね」

ラインハルトは興味の混ざった瞳でメラニーを見つめながら、近づこうとする。だが、すぐにマリアがメラニーの腕を引いて、牽制した。

「お嬢様に近づかないでください」

「……失礼しました」

ラインハルトは困ったように笑みを浮かべると、メラニーに改めて礼をとった。

「ラインハルトと申します。前々からスチュワートさんとは話してみたいと思っておりました。これを機に……と言うのもなんですが、交流できたらと思っております。では、また」

爽やかな笑顔を残し、ラインハルトはブレンダを追いかけて去っていった。

「いかにも、遊び人といった感じの色男ですね。……お嬢様、大丈夫ですか？」

「……ええ」

クインの弟子であることで陰口を言われることは覚悟していたが、こうも真正面から言われるとショックだった。

ジュリアンの婚約者だった時、陰で色々な令嬢たちに冷たくされたことを思い出す。

(昔に比べて、私も随分変われたと思ったのに、どうしてまた——)

全身が冷や水を浴びたように冷たくなり、動くことすらできなくなっていると、会議を終えたクインが部屋から出てきた。

「メラニー……。もしかして、今の話を聞いていたのか?」

「もう、大丈夫か?」

クインの部屋に移動しており、今は二人きりだ。

「ご心配をおかけしてすみません。もう大丈夫です」

「……そうか。それで、どうしてあそこに?」

「すみません。書庫室で調べ物をしていて、気づいたことがあって……」

メラニーは書庫室で気づいた魔術師の件をクインに説明した。

「——グナーツに伝説の魔術師が? そのような話は父上からも聞いたことがないな。それが本当ならば、重大な事実だぞ」

信じられないと、クインが驚いた様子で唸る。

「私も読んでいて、びっくりしました。こちらの手記にそのような記述が。ただ、残念ながら、最期をグナーツで迎えたという記述以外には魔術師に関することは残っていなかったのですが……」

「そうか。……君の言うように、古い遺物が眠っているか調べてみるとしよう」

「忙しいのに、お仕事を増やしてしまってすみません……」

メラニーが謝ると、クインは首を横に振って苦笑した。

「いや、すごい発見だ。本当に君は私の想像をいつも超えてくるな」

クインが目を細めて褒めてくれるが、今は素直に受け入れることができなかった。メラニーは膝の上で拳を握ると、顔を上げた。

「あ、あの――昨日お話しされていた浄化薬を作るお役目を、私にやらせてくださいませんか？」

「メラニー……？」

思い詰めた表情をするメラニーをクインは心配そうに見つめる。

「あれから私も浄化薬について調べてみたんです。王都から持ってきた古代魔術に関する本に浄化薬の作り方もあって。知らない材料ばかりで、作るのは大変かもしれませんが、きっと作ってみせます。――だから、私に研究させてください。お願いします」

メラニーの真剣な申し出に、クインはため息を吐く。

「ブレンダのことは気にするな」

「……でも」

クインは黙り込んだメラニーを抱きしめた。

「――メラニー。あまり思い詰めるな」

優しく背中を摩られ、押し殺していた感情が溢れ出る。気づいたら、涙が流れていた。

「わかっています。でも――このままじゃ嫌なんです」

悔しくて泣くなんて、まるで子どものようだ。けれど、涙が止まらない。そんな自分が情けなくて、また涙が溢れる。

「クラリスさんたちの件だって、何もお役に立てていません！　それに私がもっと魔法を使いこなせたら、魔物討伐だってお手伝いできたのに。私、クイン様の弟子なのに、役に立てない自分が悔しいです。ごめんなさい、クイン様」

「謝ることなんて何もない。君が考案した守護の魔法陣は役に立っているし、リーラギフトに汚染された湖だって、君のおかげで発見できたんだ。誰がなんと言おうと君は優秀な弟子だ」

そう言って、クインはメラニーの濡れた頬を指の腹で拭ってくれた。

「辛い思いをさせてすまない」

「クイン様が謝らないでください」

泣いてしまったことが恥ずかしくて、服の袖で涙を拭っていると、クインが小さく息を吐いた。

「――わかった。浄化薬の件は我々も何とかしなくてはと考えていたし、古代魔術のレシピがあるのなら、君にお願いするとしよう。だが、約束してくれ。決して無理はするな」

「……はい。我儘を言ってすみません」

「いや、いい。……それにこれで少しは文句も言わなくなるだろう」

クインはそう言うが、人の嫉妬は根深いことをメラニーは知っている。メラニーが少し作業を手伝ったところで、文句を言う人間はいるはずだ。

けれど、昔のように逃げるような真似はしたくなかった。

次の日、クインが領主の館の一室にある工房を案内してくれた。

「ここにある調合道具は好きに使ってくれて構わない。あと、浄化薬に使えそうな材料は一通り揃えてある」

ここはクインが帰省した時に使っている工房で、基本的な調合道具は揃っていた。

「昨日の今日でよくこんなに材料が集まりましたね」

「元々、調査のついでに素材採取をしていたからな。こっちの箱の方はサルマが町の周辺で集めた素材らしい」

「まぁ、サルマさんが。あとでお礼を言わなくちゃ」

グナーツの新鮮な素材や王都では見かけない珍しい素材に心を躍らすメラニーに対し、クインは心配そうにする。

「本当に人手を回さなくて大丈夫か？」

「森の調査の方が優先ですもの。まずは私たちだけでできるところまでやってみます。マリアには手伝ってもらうことになるけれど……。いつもごめんね」

メラニーは隣に控えるマリアに謝った。

「いえ、お嬢様が森へ向かうよりはずっと安心です」

「わかった。君が現代語訳したレシピを読んで、私の方で気づいた点を紙に書いておいた。これを参考にするといい」

「わぁ。ありがとうございます！」

「それと――これも君に」

クインが懐から小瓶を取り出す。

「これは？　蝶々？」

小瓶の中に綺麗な模様をした青い蝶が入っていた。

「緊急連絡用の使い魔だ。君にも渡しておく。どうやら、君に近づこうと考えている輩がいるようだからな。万が一の時のためだ。使い方はマリアから聞いてくれ。肌身離さないように」

森へ出かけるクインを見送り、メラニーはやる気を出す。

（クイン様がこれだけ色々と用意してくださったんだもの！　頑張らなきゃ！）


意気揚々と調合作業に取り組んだメラニーだったが、そう簡単には物事は進まなかった。

何度目になるかわからない失敗作を見て、メラニーはしょんぼりと項垂れる。

「……また失敗だわ」

「今度は浄化作用が反転して、毒性が強化されましたね。何がどうなったら、こんな薬ができるんですか？　ある意味、これも素晴らしい発明ですが……」

マリアが出来上がった薬品を恐々と覗き込みながら、呟く。

「無理に褒めなくていいわ。浄化効果がないのなら無意味だもの。……やっぱり、私だけの力じゃ無理なのかしら」

自分でやると決めたものの、古代魔術のレシピというのは簡単なものではない。市販されている浄化薬やクインからの助言などを参考に、材料など自分なりにアレンジしているが、出来上がるものは浄化薬とはほど遠かった。

さすがにこうも上手くいかないと、心が折れそうになる。

ため息を吐いていると、ドアがノックされ、サマンサが工房に顔を出した。

「メラニーさん、休憩がてら、一緒にお茶でもどう？」

「サマンサ夫人!? は、はい。喜んで」

突然の訪問に驚きつつも、メラニーは反射的に返事をする。

「ずっと工房に籠っているみたいだけど、たまには外の空気を吸わないとダメよ」

そう言って、サマンサは中庭の東屋にメラニーを連れ出す。緑の木々に囲まれた東屋は涼しい風の通り道になっており、とても心地が良かった。ベンチに腰掛けると、サマンサは申し訳なさそうに口を開いた。

「ごめんなさいね。せっかく挨拶に来てくれたのに慌ただしくて。本当はクインと一緒に過ごしたいでしょうに、町を案内するどころか魔物のせいで留守番ばかりさせてしまって」

どうやら、一人で過ごすメラニーを気遣ってくれているようだ。

「お気遣い、ありがとうございます。寧ろ、町の人たちが大変な中、何もできなくて申し訳ない気持ちというか……。あの、町の皆さんの様子はどうですか？」

「そうね。クインたちが来てくれたことで、以前より少し活気が戻ってきたみたいだわ。

それにリンベルクの方たちが町の周辺の警護をしてくれるおかげで、町に入ってくる魔物の被害も随分減ったみたい」

サマンサの話を聞いて、メラニーは少しホッとする。

ジョセフからも一度倒れたと聞いているし、グナーツ領を治める領主夫人として、サマンサも苦労していたのだろう。クインたちのおかげで少しは肩の荷が下りたのかもしれない。館にやってきた当初よりもずっと顔色が良さそうに見えた。

「それにしても、クインが婚約者を連れてくるなんて、時が経つのは早いわね。私の中ではつい最近まで小さな子どもだった感じがするのに」

「あ、あの。クイン様はどんな子どもだったのですか？」

「そうねぇ。随分やんちゃだったわ。何にでも興味を持つような好奇心の塊だったのよ」

「クイン様が？」

「ええ。よく館を抜け出しては町に遊びに行ったりしてたのよ。馬に乗れるようになってからなんてもう大変。あの子が四歳の時だったかしら？　森で迷子になっちゃって」

「森ですか⁉　魔物も出て、危ないのに⁉」

「当時は町の近くには魔物もほとんど出なかったのよ。それに、館の裏手の辺りは比較的安全でね。大昔は集落もあったくらいなの。……でも、冬だったし、森の奥の方は危険だったから、皆大慌てで捜索したわ」

「それで見つかったのですか？」

ハラハラとしながら、メラニーは訊ねる。

「ええ。雪上に馬の足跡が残っていたから良かったわ。その集落跡で倒れているのを町の兵士がすぐに見つけてくれてね。風邪を引いたのかしばらくの間、熱も出て、本当にどうなることかと思ったけれど」

「まぁ……」

「そうそう！　その後くらいかしら？　熱のせいかわからないけど、急に魔力を制御できなくなっちゃって、色々な魔術師に魔力の使い方を教わっている内に、どんどん魔法に興味を持ち出したのよ」

クインの意外なルーツに、メラニーは驚いた。小さな頃から才能があったとは聞いていたが、好奇心の強さが核になっていたのかもしれない。

「それからは、あれよあれよという間に才能が現れてね。魔術の先生の勧めもあって、王都の魔法学校に行くことになったの」

そう言って、サマンサは少し寂しそうな表情で遠くを見つめた。

（あっ――――）

クインは幼くして故郷を離れ、王都の魔法学校へ入学した。異例の才能はそこで見事開花したが、その分寂しい少年時代を送ってきたと聞く。そして、寂しかったのはクインだけでなく、サマンサも同じだったはずだ。しかも、領主夫妻の子どもはクインだけだ。幼い一人息子を遠く離れた王都へ送り出すことは苦渋の決断だったのではないだろうか。

「あの……、クイン様を王都に送り出す時、後悔はしませんでしたか？」

もし、王都に行かずにこのままこの優しい両親の元で過ごしていたら、もっと幸せな生活を送れていたのかもしれない。それはメラニーと出会うことのない未来だが、それでも幼い頃のクインを思えば考えずにいられなかった。

「そうね。……すごく迷ったし、後悔することもあったわ」

サマンサは伏し目がちに答えた。

「でも、それ以上にあの子の可能性を潰すことの方が怖かった。あの子にはこんな田舎にいるより、王都で仕事をしている方が幸せですもの。そう思わない？」

「……」

サマンサの質問にメラニーは答えることができなかった。

何を以て幸せとするかは、きっとクイン自身にしか答えられないからだ。

でも、ここに来てからクインを見ていて気づいたことがある。グナーツに来てからクインはずっと心を痛めている。きっと、それだけここは彼の大切な場所なのだ。

「確かにクイン様は宮廷魔術師のお仕事は大好きだと思います。けれど、それと同じくらい、この町も大好きだと思います」

メラニーの言葉にサマンサは目を見開き、そしてふふっと笑った。

「ええ。そうね。私もそう思うわ」

その瞳はクインと同じ色をしている。クインは父親似かと思ったが、柔らかく微笑んだ目元はサマンサにそっくりだと気づいた。


「メラニー、浄化薬の方はどうだ？」

浄化薬を作り始めて何日か経ち、クインから進捗状況を訊かれた。

「……あまり進んでいないです。教えていただいた製法でもやってみたのですが、それも上手くいかなくて……」

工房に並んだ失敗作を見て、クインが何やら考える。

「薬草の抽出も問題なさそうだし、製法が悪いわけでもないと思う。だとすると、使う素材の見直しが必要かもしれないな。光属性の素材を少なくして、今度はこちらの素材を入れてみたらどうだ？」

「わかりました。明日やってみます」

「……メラニー。明日なんだが、少し休みをとって、町の方へ出かけないか？」

突然のクインの誘いにびっくりする。

「え、明日ですか？　でも、調査の方はよろしいのですか？」

「ああ、湖周辺の調査も目処がついてきたところだ」

調査の結果、リーラギフトに汚染されていたのは例の湖だけだったようだ。リーラギフトの捕獲作業も終わり、あとはケプロスの行方を捜しながら、魔物討伐の仕事に戻るらしい。

とはいえ、クインは他にもリーラギフトの売人を捜したり、古代魔術の魔法陣について、それらしい遺跡がないか調べたりと忙しくしている。

メラニーが戸惑っていると、苦い顔でクインが告白した。

「母上から、いつまでも婚約者をほったらかしにしてと、怒られてな。……それに、君も息抜きは必要だろう？」

そう言って、クインはメラニーの頬に触れた。

「随分、疲れているようだ。根の詰めすぎは良くない」

心配した眼差しに、サマンサにせっつかれたというのは口実で、実はメラニーを気遣ってくれているのだと気づく。そんな優しいクインの想いが嬉しくて、一緒に出かけることにした。

翌日、町へ出かけたメラニーはクインの横を歩きながら、町の様子を観察する。今日は町の中を案内してもらう予定だ。こうして、クインと二人きりで出かけるのも久しぶりだ。自然と心が弾み、ウキウキとした気分になる。

「前よりも通りに人が増えていますね」

「ああ。危険な魔物もだいぶ討伐したからな。少しは安心して外に出られるようになったのだろう。活気も戻ってきているようだ」

クインも目を細め、大通りを行き来する人々の姿を眺める。

「クイン様だ！」

商店街をぶらぶらとしていると、クインの姿を見つけた子どもたちが集まってきた。

「クイン様、今日も森に行くの？」

「ねぇ、また魔法見せて！」

キラキラと目を輝かせた子どもたちに囲まれたクインは苦笑しながらも、空に向かって水魔法を放った。太陽の光を反射して虹が浮かぶと、子どもたちから歓声が飛ぶ。

「わぁ！　もっともっと！」

「こら、クイン様に迷惑をかけるんじゃないよ」

　近くにいた大人が魔法をねだる子どもたちに注意をする。

「クイン様、すみません。子どもたちも外に出られるようになって嬉しいみたいで。これもクイン様たちのおかげです。本当にありがとうございます」

「構わない。だが、まだ魔物は出ているから森へは近づかないように注意してくれ。何か気づいたことがあれば、すぐに砦にいる兵士に相談してほしい」

「はい、わかりました」

　クインと町人たちが話している姿を眺めていると、スカートの裾を引っ張られる。見ると、先ほど魔法をねだった男の子がメラニーに笑顔を向けていた。

「お姉ちゃんも魔術師の人？　俺も将来、魔術師になって、クイン様みたいにいっぱい魔物を倒すんだ！」

「そうですか。頑張ってくださいね」

「うん！」

　クインを尊敬の眼差しで見つめる子どもたちに思わず笑みが溢れる。クインはこの町でも英雄なのだ。町の人たちに慕われるクインの姿にメラニーも嬉しくなった。

　大通りを出たあとは馬車に乗って、果樹園や牧場などを回った。そこでもクインは同じように町の人たちに囲まれていた。安心して外に出られるようになったと口々に感謝されて、クインも嬉しそうだった。きっと今までの遠征でも、あんな風に感謝されてきたのだろう。クインが仕事に励む気持ちがよくわかった。

（でも、外に出られるようになっても、まだ安全とは言えないのよね。それに封鎖された交易路が再開しないと、生活もままならないはず）

まだ町の復興には時間がかかることを思うと、胸が締め付けられる。

（私も浄化薬作りを急がないと！　めげてなんていられないわ）

メラニーが決意を新たにしていると、次の目的地に向かっていた馬車が止まった。

「着いたぞ」

馬車から降りたクインがメラニーに手を差し出し、エスコートする。クインが最後に案内した場所は、町が一望できる高台だった。

領主の館も小高い丘の上にあるが、ここの高台は館よりも町全体を眺めることができた。

「わぁ！　素敵な景色ですね。ここはクイン様の思い出の場所ですか？」

「そうだな。幼い時、王都へ行く前日に、両親に連れられて最後に眺めた景色なんだ。それ以来、帰省する度にここに寄るのだが、これから日が落ちてくる時間は本当に綺麗だから、是非、君に見てもらいたかった」

大切な場所に連れてきてくれたことがすごく嬉しい。

幼いクインはどんな気持ちで両親と一緒にこの景色を眺めていたのだろうか。

思いを馳せていると、次第に山の峰に太陽が近づき、町を照らし始めた。山肌から徐々に黄色から赤、ピンクから紫色へと変わる空が美しく、胸を打つ感動を覚える。

「綺麗。――クイン様、素敵な景色を見せてくださって、ありがとうございます」

礼を言うと、クインは嬉しそうに目を細める。

「少しは息抜きになったか？」

「はい。クイン様が町の人にとても愛されているのがわかって、嬉しかったです」

メラニーが笑うとクインは照れた様子で口元を押さえた。

「なんだか恥ずかしいところを見せてしまったな。田舎の人間が王都で出世したからと、英雄に持ち上げたがるんだ。――だが、いい人たちだろう」

「ええ。グナーツの人は皆さん、温かくて優しい人たちばかりですね」

「ああ、そうだな」

頷くクインの横顔を見ながら、メラニーは口を開いた。

「クイン様もこの町の人が大好きなことが伝わってきました。……だからこそ、クイン様が小さい時に親元から離れて王都に出てきた時は、すごく寂しかったんじゃないかなって思いました」

「……」

「あんなに温かい人たちがいる町ですもの。それに、ご両親もとても素敵な方々ですし。

お二人からそれぞれお話を聞いたのですが、お二人ともクイン様のことをとても気にかけていますし、クイン様の幸せを望んでいらっしゃいます」

「……そうか」

クインは呟くと、それきり黙り込み、山々に囲まれたグナーツの町を見下ろした。

少しでもご両親の想いが伝わるといいなと思いながら、メラニーは同じ景色を眺めた。

しばらくして、クインがポツリと呟いた。

「――ありがとう、メラニー。つくづく、君をグナーツに連れてきて良かったと思う」

「私もクイン様の大切な故郷を知ることができて、嬉しいです」

夕日に照らされる町並みは美しく、グナーツに来て良かったと思う。何より、前よりもずっとクインを近くに感じられることが嬉しかった。

「大切な故郷か。そうだな……。私の大切な場所だ」

クインはしみじみと頷き、改めて町を眺めた。そして、ふと思いついたようにメラニーを見つめる。

「そういえば、君は全然ホームシックにならないな。私の屋敷に来た時もそうだが、実家が恋しくならないのか？」

思わぬ質問にメラニーはキョトンとする。

「そうですね……。あまり気にしたことがなかったです。多分、実家でも家族が揃うことが少なくて、一人でいることの方が多かったからでしょうか？」

「そうなのか？」

　クインはびっくりしたように目を見開いた。

「えっと、お父様やお母様は自分の研究をしていて、親戚の集まりや会合で留守にすることも多いですし、兄や妹は学校の寮を利用しているので、顔を合わせる機会はそうそう多くないんです」

「……なるほど。侯爵家ともなると、そういう感じになるのか」

「ええ。そういうこともあって、小さい頃から一人でいるのは慣れていますし、私も大勢で集まるのが苦手なので、ホームシックというのはあまり……。あ！　でも、家族の仲はいいですよ」

「それは君を見ていればわかる」

　クインが微笑む。

　出会ってから結構な時間が経つが、お互い意外と知らない部分があることに気づき、メラニーとクインは笑い合う。

　お互いの幼い頃の話をしているうちに、夕暮れの時間は終わりを迎え、空には一番星が輝きはじめていた。

第五章 クラリス

数日後。忙しい仕事の合間を見つけたクインと共に、メラニーは古代魔術の魔法陣を求め、馬に乗って、森へと向かっていた。

やっと、それらしい場所が見つかったのだ。

その場所は、領主の館の裏手から森に入った先にあり、同じ西の森でも比較的魔物は少ない場所だと聞いている。だが、メラニーにとっては初めてのグナーツの森だ。風で揺れる木々の葉音が聞こえる度にビクビクしていると、すぐ後ろでクインが笑う。

「この辺りはあまり魔物が出ないから大丈夫だ。それに昨日のうちにある程度下見も済ませてある」

他のメンバーも連れて行くか迷ったようだが、ブレンダの一件もあったことから、二人だけで行くことになった。正確には鞄の中にいるメルルも一緒だ。

「でも、何かあったらと思うと……」

「その時は私が君を守る」

そう言って、クインはメラニーの体を引き寄せた。

背中がクインの体と密着しているという状況もまだ慣れない。緊張している原因の半分は、馬に二人乗りしているからだった。くっついた背中から心臓の音が伝わらないかとドキドキしてしまう。

森の中を進んでいくと、ボロボロに風化した瓦礫の跡が点在している場所へ出た。

「ここって……もしかして、昔、集落があった場所ですか？」

「よく知っているな」

「古地図で見ました。それと、サマンサ様から、クイン様が子どもの頃に迷子になって大変だった話を聞いたので、もしかしてそこかなと」

「……母上め」

クインが苦々しく呟く。

「この集落はグナーツの古い遺跡の一つだ。ここには原形が残っているものはないが、この先に教会の遺跡がある」

そう言って、クインはメラニーに見えるように地図を広げた。

集落跡は、町の砦からだとかなり大回りしないといけないようだが、領主の館から裏道を抜けるとかなり近いことがわかる。しかも、そのまま真っ直ぐ山の方へ進めば、例の汚染された湖へも近そうだ。

地図を見ながら更に奥へ進むと、突然森の中にポツンと朽ちかけた古い建物が現れた。

「――これが教会跡ですか？」

馬から降りて、その石造りの建物を見上げる。

建物自体はそれほど大きくはない造りだ。壁の一部は朽ちており、いかにも廃墟という見た目だったが、かろうじて教会としての姿は残っていた。

教会を示すシンボルマークが屋根の上にかかっているが、これも長年の劣化で崩れ落ちていた。フォステールで主流となっている教会とは違い、大陸の中心にある帝国で信仰されている神の印だ。

（大昔は帝国の宗教も一般的だったから、不思議ではないけれど……）

教会といえば普通は町の中心部にあるものだ。集落の端にあることといい、なんだか違和感のある教会だった。

「……入っても大丈夫でしょうか？」

「崩れかけている場所に近づかなければ問題ないだろう」

クインが慎重に扉を開けた。

規模は小さいが、手前から長椅子が等間隔に並び、奥には神の像を祀った祭壇がある。

椅子も祭壇も腐敗して崩れているが、朽ちて開いた天井から差し込む日差しのせいか、厳かな空気を感じた。

神秘的な教会の空気に気圧されながら、建物内を見回す。

「祭壇周辺には何もなさそうだな」

早速、クインが怪しいところがないか調べ始めた。

その様子を見て、メラニーも鞄からメルルを出した。

「メルル。調べてくれる？」

お願いすると、メルルは白い体で這いずり、朽ちかけた椅子の下などに入っていった。

「……隠し扉のようなものもなさそうですね。ここではないのかしら？」

壁や床もくまなく調べたものの、王都の城壁にあったような古代文字の痕跡もない。念のため、壁などに向かって、隠し部屋を通るための呪文を唱えてみたが、反応はなかった。

そもそも大昔の魔術師の痕跡なんて、存在するかどうかもわからない代物だ。すぐに見つかるものではないと思ってはいるが、少し肩透かしを食らった気分になる。

「一旦、外に出て周辺を調べてみるか」

「そうですね」

建物の周辺も見て回るが、こちらも収穫はなかった。

「少し離れたところに、昔、町の兵士たちが使っていた森の管理小屋があるそうだ。そちらもあとで見てみよう」

そろそろお昼ということもあり、持参した昼食を食べることにした。

グナーツ名物の夏野菜がたっぷりと入ったサンドイッチだ。

「美味しいですね」

天気の良い日差しの下、外で食べているとピクニック気分になる。

（それにしても教会か……）

メラニーはサンドイッチを食べながら教会を見上げる。

グナーツの問題が片付けば、領主夫妻も王都に呼べるだろう。無事に結婚式を挙げたいものだ。

理想の結婚式を想像しようとして、ふと旅の道中で見た悪夢を思い出す。

（ううっ――。あんな夢は嫌っ！　私はクイン様と結婚するんだから！）

脳裏に浮かんだ映像を振り払うように頭を振っていると、クインが怪訝そうにこちらを見る。

「メラニー？　どうかしたか？」

「い、いえ！　なんでもありません。――クイン様、グナーツの交易路を復活させて、なんとしてでもフレデリカ様をお迎えしましょうね！」

「あ、ああ……。そうだな」

昼食を食べ終え、荷物をまとめていると、森の方から魔物の鳴き声が聞こえてきた。

「――クイン様」

あの鳴き声は砦で聞いたことがある。ケプロスだ。

「メラニー、下がっていろ」

恐怖に固まるメラニーを庇うようにして、クインが素早く立ち上がる。頭上を警戒しながら、いつでも魔法を使えるように態勢を整えるクインだったが、ケプロスはこちらに来ることはなく、森の奥の方へ飛んでいった。

遠ざかっていくケプロスにメラニーたちはホッと息を吐く。

「まさか、こんなところにいるとは……ん？　あれは」

クインが森の茂みに顔を向け、目を凝らす。

誰かいるようだ。

メラニーもそちらに目を向けると、馬を駆るブレッドの姿を見つけた。

「なぜ、町にいるはずのブレッドが……？」

町の周辺の警護をしているはずのリンベルクの魔法騎士が、こんな森の奥まで入っているのはおかしい。

「もしかして、ケプロスを追って森に入ったのでしょうか？」

「かもしれないな。だが、一人では危険すぎる。……仕方ない。加勢に行く。メラニーは教会の中に入って魔法陣を張るんだ。動くんじゃないぞ」

クインは馬に跨ると、ブレッドを追いかけて行った。メラニーは言われた通り、教会の中に入り、魔法陣を広げて発動させた。馬車に取り付けていた簡易魔法陣を外し、持ってきていたのだ。

「クイン様、大丈夫かしら？」

窓辺に近づいて時々外の様子を覗く。

すると、木々の奥でブレッドとは別の人影を見つけた。

「……あれはクラリスさん？」

キョロキョロと周囲を窺うように見回す、ポニーテールの後ろ姿が見えた。間違いない、クラリスだ。

（ブレッド隊長を捜しているのかしら？　もしかして、逸れてしまったとか？　どうしよう。一人では危ないわ。呼びに行かないと。でも、クイン様の言いつけを破るわけにはいかないし。どうしたら――）

考えているうちにクラリスの姿が森へと消えた。

（クイン様、ごめんなさい！　すぐに戻ります！）

焦ったメラニーはメルルを鞄に入れると、急いで外に飛び出した。

「クラリスさん！　どこですか？」

先ほど彼女を見かけた、教会の裏手を捜すがその姿は見当たらない。

（一体、どこへ……）

焦りながら、雑木林の奥へ進んでみる。すると、教会からさほど離れていないところに古びた小屋が現れた。

先ほどクインが言っていた森の管理小屋だろうか。

「——あ、クラリスさん」

クラリスが警戒した様子で周囲を確認しながら、小屋の中へ入っていくのが見えた。

メラニーも急いで、その小屋へと近づく。

「……クラリスさん？」

開いたままのドアからそっと中を覗いた。

薄暗(うすぐら)い小屋の中には暖炉(だんろ)と小さなキッチン、ベッドなどの必要最低限の家具が置いてある。古びた外見の割に中は綺麗(きれい)だ。まるで最近まで誰かが使っていたように見える。

(あれ？　クラリスさんは？)

狭(せま)い小屋なのにクラリスの姿が見えない。不思議に思いながら一歩足を踏(ふ)み入れると、ドアの裏から人影が飛び出した。

「——誰だ！」

「きゃっ！」

キラリと光った剣先(けんさき)が向けられ、息を呑(の)む。

剣を突(つ)きつけながら、緊迫(きんぱく)した剣幕で凄(すご)んでいたクラリスは、メラニーを見て驚(おどろ)いたように目を剝(む)いた。

「メラニー・スチュワート!?　なぜここに？　……まさか、君がこの手紙を出したのか？」

クラリスが懐から手紙を取り出し、突き出した。

(何の手紙？)

訳がわからず呆然としていると、クラリスが険しい顔で睨む。

「答えろ！　どうしてここにいる！」

「ひっ！　す、すみません！　森に入っていくクラリスさんを見つけたので追いかけてきました」

「私を？」

「はい。訳あって近くの教会跡に調査に来ていたのですが、ケプロスが現れて……。その後にブレッドさんの姿が見えたので、てっきりお二人はケプロスを追っている途中で逸れたのかと思ったのですが……。あ、ブレッドさんの方はクイン様が加勢に行っています」

「一人じゃないのか？　……今の話、嘘ではないな？」

「う、嘘じゃないです！　手紙のことも知りません！」

「本当か？」

クラリスは怪訝な表情でメラニーを上から下まで警戒するように睨んだ。

メラニーがガタガタと震えていると、クラリスは迷惑そうにため息を吐き、ゆっくりと剣を下ろした。

「演技ではなさそうだな。……なんと紛らわしい」

状況から察するに、クラリスはその手紙でここに呼び出されたのだろうか。しかも、送り主は知らないようだ。

（こんな森の中に？　一体、誰が何のために呼び出したの？）

疑問に思ったものの、そんなことよりも今はここから離れた方がいいのではと思い直す。

「あ、あの、クラリスさん。ここから離れた方がいいです。あの、すぐそこに教会がありますのでそちらに――」

「私のことはいい。君は早く出て行け」

クラリスは迷惑そうに手で払う仕草をした。

「え？　でも……」

「私のことは放っておいてくれ」

クラリスはメラニーの背中を押して、ドアの外へと追い出そうとする。

その時、外からガサリと木の葉を踏む音が聞こえた。

「!?」

ケプロスかもしれないと身を強張らせていると、クラリスがメラニーの腕を引っ張った。

先ほどとは反対に、部屋の中へと引きずられる。

「――クラリスさん？」

「しっ。静かに」

クラリスはメラニーの頭を押さえつけ、その場にしゃがませる。両手で口を押さえて、言われた通り静かにしていると、ガサガサと小屋の周囲を何者かが歩く音が聞こえた。

警戒した様子で、クラリスがすり足で窓に近づき、そっと外の様子を確認した。

メラニーも恐る恐る窓の方を見つめていると、一瞬、黒い影が映った。

（――魔物じゃない。人影だわ。でも、なぜ声をかけてこないの？）

もしブレッドやクインだったらすぐに声をかけているだろう。だが、外にいる何者かは警戒した様子で小屋の周囲を確認しているようだった。不穏な気配を感じ、心臓がギュッとなる。

メラニーが小さくなって身を縮めていると、クラリスが囁いた。

「……何があっても声を上げるな。絶対にここから動くなよ。何があってもだ。いいな」

クラリスの真剣な表情に気圧され、口を両手で押さえたままコクコクと頷くと、剣を構えて、クラリスが外へ出た。

「――そこにいるのは誰だ！」

すぐに剣を打ち合う音が聞こえ始める。

（――クラリスさん⁉）

何が起きているのかと、身を屈めたまま窓に近づき、外を覗く。

「えっ……」

クラリスと剣を交えているのは、なんとラモンだった。

(どうしてラモンさんがクラリスさんに剣を振っているの!?)

クラリスも必死に応戦しているが、体格の違いからか、だんだんと押されている。

そして、クラリスの剣が弾かれ、ラモンの剣がクラリスの胴を叩いた。

(——クラリスさん!)

呻きながら倒れるクラリスを見て、悲鳴を上げそうになる。

何が起こっているのかわからないが、このままではクラリスが殺されてしまう!

メラニーは咄嗟に叫ぼうとしたが、すぐにクラリスが動くなと言っていたことを思い出した。あの言葉は、もしかしたらこうなることを予期していたのだろうか。だとしても、このままこの状況を見ているわけにもいかない。

(どうにかして助けなきゃ……)

しかし、どう考えてもメラニーだけでは太刀打ちできそうにない。

(メルルを仕掛ければなんとかなるかしら? でも、反撃されたらそのあとは——?)

オロオロと考えている間に、ラモンは予め用意していたらしいロープを取り出すと、気を失ったクラリスの体を縛り上げていく。

ラモンがロープを結んでいる際、不意にクラリスの瞼が開いた。

（――え？）

気絶させられたはずのクラリスがパチパチと瞬きをして、メラニーに合図を出す。

（これって、『何があっても動くな』ってこと？）

メラニーがじっとしていると、クラリスは小さく頷いた。

どうやら合っているようだ。

どういうことなのか困惑している間に、ラモンはロープを縛り終え、気を失った振りをするクラリスを小屋へと運ぼうとする。

（どうしよう！　隠れないと！）

慌てて周囲を見回し、ベッドの下に人が入れるスペースがあることを確認する。埃まみれのうえに、蜘蛛の巣まで張っていたが、今はそれどころではない。

ベッドの下に潜り込むと同時に、ラモンが小屋の中へと入ってきた。

間一髪だ。

息を殺しながら、ベッドの下からラモンの様子を観察する。

以前話していた時のような優しげな雰囲気は消え、その表情からは感情が読めなかった。

まるで別人のようだ。

ラモンはクラリスの足を摑んで、引きずりながら小屋の中へと運び込むと、床に敷いてあったカーペットを剝がし始めた。

ラモンが少しでも顔を上げたら、ここにメラニーが潜んでいることはバレてしまうだろう。心臓がうるさいほど鳴り、その音が聞こえないかとハラハラした。

しかし、ラモンは顔を上げることなく、カーペットを剝がすと、その下に埋まっていた扉に手をかけた。

(あんなところに隠し扉?)

扉を開けると、ラモンは再びクラリスを抱え、地下へと降りていった。

(ど、どうしよう!)

身動きが取れないまま固まっているうちに、ラモンが一人で戻ってきた。

そして、手早くカーペットを戻し、何事もなかったように小屋の外へ出ていった。

しばらく小屋の周辺を探っているのか、足音が聞こえてきたが、それもやがてなくなった。

「…………」

静まり返る小屋の中、メラニーは呆然と固まる。

とんでもないところを目撃してしまった。

まだ心臓がバクバクとしている。

いつラモンが戻ってくるかもわからない恐怖にすぐに出て行く勇気が持てなかった。だが、いつまでも隠れているわけにはいかない。

メラニーは勇気を振り絞ると、そろそろとベッドの下から這い出た。ローブについた埃や蜘蛛の巣を叩き落とし、そっと窓を覗く。周囲を見回し、ラモンの姿がないことを確認する。どうやらもう小屋から離れたようだ。

メラニーはホッと胸を撫で下ろし、その場にしゃがみ込んだ。

(早く、クラリスさんを助けないと――)

そう思い、再び顔を上げると窓の外に大きな人影が立っていた。

「――っ!!!」

声にならない悲鳴を上げていると、コンコンと窓を叩かれ、その人物が驚いた様子でメラニーに声をかけた。

「スチュワート殿？」

「え？　ブレッドさん!?」

大きな人影はブレッドだった。

「なぜ、あなたがここに？　いや、それよりも――クラリス殿は？　ご無事か？」

その一言でブレッドがラモンの仲間ではないことを確信し、窓を開けた。

「ブレッドさん！　クラリスさんが！」

起こったことをかいつまんで説明すると、ブレッドがすぐに地下室に囚われたクラリスを救出してくれた。

「クラリスさん！　大丈夫（だいじょうぶ）ですか!?」

ブレッドに支えられ、クラリスはベッドに腰掛（こしか）ける。

ロープで縛られた跡（あと）をさすりながら、クラリスは「大したことはない」と、落ち着いた様子で答えた。

「でも、剣（けん）で……」

「腹を峰打（みねう）ちされただけだ。それも、中に鎖帷子（くさりかたびら）を着ているから問題ない」

「……良かった」

メラニーは安堵（あんど）し、その場にヘナヘナと座り込む。

「……」

そんな様子を見て、クラリスは眉（まゆ）を顰（ひそ）めるが、すぐにブレッドへ視線を戻した。

「ブレッド。犯人はラモンだった」

クラリスの出した名前にブレッドは目を丸くする。

「ラモンでしたか……。先代の王妃（おうひ）様の恩義を忘れて、あの男は――」

苦悶（くもん）の表情でブレッドは怒（いか）りに震（ふる）えた拳（こぶし）を床に押し付けた。

「あの……。一体、何が起こっているのですか？　なんで、ラモンさんがクラリスさんを襲（おそ）ったんですか？」

「……実は」

「ブレッド！」

説明しようとしたブレッドをクラリスが遮った。

「悪いが話すことなんてない」

クラリスがキッとメラニーを睨む。

「クラリス殿」

ブレッドはクラリスを咎めるが、クラリスはメラニーを睨みつけたまま言う。

「ラモンの仲間ではないかもしれないが、お前を信用することはできない」

「えっ!?　なぜですか？」

「お前がケビン王子を誑かした悪女だと聞いているのだぞ」

クラリスの言葉にメラニーはポカンとする。

「悪女？　ちょっと、待ってください。誰がそんなことを？」

事態が飲み込めず混乱していると、様子を見ていたブレッドが間に入った。

「クラリス殿。私には彼女が悪人だとは思えません。少し、話を聞いてみては？」

「ブレッド、こいつを信用する気か？」

疑心暗鬼になっている様子のクラリスはメラニーを睨んだ。

膠着状態でいると、突如、外から人の声が聞こえてきた。

クラリスらと共にハッと息を止める。耳を澄ますと、「メラニー！」と、自分を捜して呼ぶ声が聞こえた。

「クイン様っ！」

（いけない。忘れていたわ！）

「お、おい！」

クラリスの制止を無視して、メラニーは外に飛び出した。

「クイン様！　こちらです」

「メラニー！　どこに行っていたんだ」

クインがメラニーの姿を見つけ、馬から降りて駆け寄った。

「すみません。私――っ！」

謝ろうとしたら、強く抱きしめられた。

息を呑んで驚いていると、「心配させるな」とクインが耳元で囁く。その声は少し震えていた。

「……ごめんなさい」

すぐに戻るつもりだったのに、心配をかけてしまった。反省と共に先ほどの恐怖を思い出し、クインに無事に会えたことに深い安堵感を覚えた。

「怪我はないか？」

クインはメラニーの体を離すと、全身を確認する。

「蜘蛛の巣？」

髪についていた蜘蛛の巣を手で払いながら、クインは怪訝な表情をした。

「あ、あの、それは――」

「どうしてこんなところにいるんだ？　なぜ教会を離れた」

声にただならぬ怒りを感じて、メラニーはびくりと体を竦めた。

「言いつけを破ってしまい、すみません！」

「無事だったから良かったものの、ケプロスが彷徨いているんだぞ。どれだけ私が心配したか」

怒りながらもクインは再びメラニーをきつく抱きしめた。

すると、小屋から遠慮がちな声がかかる。

「……クイン殿」

開けっぱなしのドアの向こうから、ブレッドとクラリスが顔を出していた。

気まずげな彼らの表情を見て、メラニーは己の状況を把握し、慌ててクインの体を引き剥がした。

「ブレッド殿？　途中で姿が見えなくなったと思っていたが、なぜここに？　それにクラリス殿も？」

「こちらも聞きたいことがありますが……一先ず、中へ」

ブレッドが周囲を警戒しながら、小屋の中に入るよう促した。


狭い屋内に四人分の椅子はないため、メラニーたちは床に車座となった。

「……ここは森の管理用の小屋か？　こんなところで何をしていたんだ？」

クインが部屋の中を見回した後、メラニーに視線を向けた。

何をどう説明したものか困っていると、クラリスが口を開いた。

「──その前に、私からも聞きたいことがある」

不思議なことに先ほどまでの剣幕は消えていた。寧ろ、なんだか戸惑っている感じだ。

「その……あなた方は恋人同士なのか？　先ほども抱き合っていたようだが……」

改めて指摘されると恥ずかしくなる。

顔を赤らめて言葉を詰まらせるメラニーの代わりにクインが答えた。

「恋人と申しますか、婚約を結んでいます」

「……では、その指輪は？」

クラリスがメラニーの婚約指輪を示す。

「え？　これですか？」

「私が彼女に贈ったものですが、何か？」

クインが言うと、クラリスは目を丸くする。

「そんな……。だって、その石は滅多に取れることのない希少な宝石だろう？　そんな高価な指輪は王族でもなければ贈ることなど――」

クラリスの呟きに、メラニーはギョッと目を剝く。

驚いたメラニーは隣を見つめるが、クインは澄ました顔で目を合わせようとしない。

（この指輪、そんなに高価なものだったの!?）

「では――ケビン王子のことは？」

ケビンの名前が出て、慌ててクラリスに視線を戻す。

「ご、誤解です！　私はケビン様と結婚するつもりなんてありません！　私の婚約者はクイン様ですもの！」

ここでようやくクインも状況を把握したようで、眉間に皺を寄せ、小さくため息を吐いた。

「メラニーの言っていることは本当です。ケビン殿下も配下の婚約者を奪うような御仁ではありません」

「……本当だな？」

「本当です！」

メラニーは力を込めて頷いた。

「ケビン殿下はフレデリカ王女を心配されていました。交易路の魔物問題を解決するために、この地に魔術師団を派遣したのもケビン殿下の考えです。だから、安心してください」

「じゃあ、君たちはケビン王子の命で？」

「そうです！　このことはラモンさんにお伝えしていたのですが……クラリスさんたちに伝わっていなかったのですね……」

「どうやら、ラモンが間を取り持つ振りをして、クラリス殿に有る事無い事吹き込んでいたようですな。ラモンはスチュワート殿の悪い噂を吹聴しておりましたから」

ブレッドが話をまとめると、クラリスは深い息を吐いて、その場に脱力した。

「……すまない。色々と誤解をしていたようだ。今まで酷い態度をとっていたことを謝らせてくれ」

クラリスは沈痛な面持ちでメラニーに謝った。

「い、いいえ。誤解が解けたのならそれで……」

どうやら、マリアの言っていた、クインと仲睦まじいところを見せればいいという案はあながち的外れではなかったらしい。こんなことなら、恥ずかしがらずにさっさと実行しておけば良かったかもしれない。

「そのラモンという者は何者だ？」

クインが訊ねる。

「恐らくだが――王妃の間者だ」

苦い顔でクラリスが呟いた。

「王妃様？」

「フレデリカ様の義理の母親にあたる方だ。フレデリカ様とは対立関係にあって、フレデリカ様だけではなく、周りの人間も襲っているんだ」

「ケビン殿下が望んでいるのなら、貴殿たちは我々と同じ目的だと認識する。その上で、貴殿たちにも我々の置かれている状況をお伝えしておこう」

クラリスとブレッドは簡単に向こうの事情を説明してくれた。

フレデリカ王女の母親は彼女が幼い頃に病死しており、王妃の座には側室であった第二夫人がついている。第二夫人には二人の娘がいて、そのどちらかが次期女王になると噂されているそうだ。しかし、フレデリカの母であった前王妃は民衆から評判が良く、リンベルク王はまだ次の後継をはっきりと決めていないと言う。

母親が死んだ時、フレデリカ王女は自分の命が狙われることを恐れて、隣国の王子のケビンに嫁ぐことを決めたそうだが、昨今の交易の問題でそれが白紙状態となってしまった。

現王妃はその状況に付け込んで、フレデリカ王女を国内の貴族と結婚させようとしているらしい。フレデリカ王女を射止めれば、それ相応の地位を獲得できるとあって、今隣国では派閥争いが激化しているそうだ。

「……つまり、フレデリカ様は亡命のためにフォステールに入ろうとしているのですね」

「そうだ。本来なら先に知らせを出すところだが、その知らせも王妃側の手の者に悉く阻まれ、強硬手段をとる他なかったのだ。ガダル地方に縁戚がいるので、一先ずはそちらで落ち着いた後、改めて王都へ連絡を入れる予定だった」

ガダル地方はグナーツから王都方面に山を越えてすぐの領地だ。フォステールに入る際、ベルタール領経由ではなく、グナーツの交易路を無理に進んだのはそういった理由からだろう。

「ケビン王子が拒んだら、どうするおつもりですか？」

批判の視線を向けるのはクインだ。

「彼ならば絶対に迎え入れてくれるはずだと、フレデリカ様は信じておられます。ただ、その道中で、ケビン王子が新しい婚約者を迎えると聞いたのです。ですが、後戻りもできなかったので、そのまま山を越えました。まぁ、それも勘違いだったようですが……」

そう言って、クラリスはチラリとメラニーを見つめた。

話を聞いて、今までクラリスが頑なに敵視してきた理由がようやく腑に落ちた。

（ケビン様を頼って亡命しようとしている最中にそんな噂話を聞いたら、許しがたいと思

うに決まっているわ）

山のすぐ向こう側まで来ているというフレデリカ王女の気持ちを考えると、胸が痛くなる。早く交易路の問題を解決して、正式にお迎えしたいものだ。

「フォステールへ亡命する途中、我々の動きが王妃側の人間に伝わっていることが何度かあり、我々の中に裏切り者がいると気づきました。本来はグナーツに入る前に炙り出して捕らえる予定でしたが、ケプロスに襲われてしまったのです。それで仕方なく、魔物討伐を手伝う形をとって、犯人が動くのを待ったのです。結局、町の警護という形に収まりましたが、クイン殿やグナーツ領主には無理を言ってしまって、申し訳なかった」

「それで、あんなお願いを……」

「ああ。それでやっと犯人が動き出したというわけだ。あとは君が知っての通り、ブレッドと一芝居打つことにしたというわけさ。ラモンは恐らく私を人質にとって、フレデリカ王女と交渉をするつもりだったのだろう」

「では、わざとここに呼び出されたと……」

「そうだ。ブレッドには小屋の近くで待機してもらっていた」

「それで途中で姿が見えなくなったのだな。ケプロスを追っていたのではなかったのか」

クインが合点のいった様子で呟いた。

「ええ。私もまさか、こんなところでケプロスに遭遇するとは思いませんでした。それはラモンも同じだったようです。しばらくケプロスを警戒して、なかなか小屋に近づこうとしませんでしたから」

「その間に、私がやってきたんですね……」

言っていて、メラニーははたと気づく。

「……もしかして、私がいなければあの場でラモンさんを捕まえていたのですか？」

「まぁ、そうだな」

クラリスとブレッドは微妙な表情で頷いた。

「それは本当に申し訳ありませんでした！」

メラニーが謝ると、ブレッドが「まぁまぁ、致し方なかったですし」とフォローをし、クラリスも頷いた。

「こちらこそ巻き込んでしまってすまなかった。怖い思いをさせただろう」

「クラリスさんが庇ってくれたので大丈夫です」

一通り話を聞き終わって、クインがクラリスたちに訊ねる。

「これからどうするつもりだ？」

「それなんだが、ラモンは私を連れ出すために、またここに戻ってくるはずだ。多分、今は王妃側の人間と連絡を取るために町に戻ったのだろう」

「じゃあ、いつ戻ってくるかわからないのですよね。このままここでのんびりしていて大丈夫ですか？」

　オロオロとメラニーが訊ねると、ブレッドが答えた。

「いや、下手に動いて逃げられるのもまずい。それに、まだ仲間がいる可能性も捨てきれん。今日の夕刻に定例会議があるだろう？　まずは、そこで向こうの出方を見ようと思う。何食わぬ顔で現れるかもしれないからな」

「そうだな。私も協力をしよう」

　ブレッドの慎重な姿勢にクインも同意する。

（そっか、まだ仲間がいる可能性もあるんだわ）

　クラリスがメラニーを疑っていたように、他にも仲間の存在を疑っているのだ。そう考えて、メラニーの中で一つの疑問が浮かんだ。

「あの、どうしてラモンさんはこの小屋の存在を知っていたのでしょう？　しかも、地下室の存在まで知っているのはおかしくないですか？」

　メラニーが疑問を投げかけると、クインが「地下室？」と首を傾げた。

「この下にある。さっきまで、私が捕らえられていた場所だ」

「……メラニー、もしかしたら、我々が探している魔法陣があるんじゃないか？」

　クインに耳元で囁かれ、メラニーはハッとする。

「そうかもしれません！」

メラニーとクインはクラリスたちに断りを入れて、地下に降りてみることにした。

「ただの貯蔵庫という広さではないな。しかも、上の小屋より古そうだ」

備え付けのランプの灯りでは奥まで見えないため、クインが天井に光魔法を放った。クインの言うように地下室は地上の小屋よりも広い。まるで、地下の方がメインのような造りだ。階段を降りてすぐに、切られたロープが捨てられていた。ここでクラリスが縛られていたのだろう。

「ん？　端の方に何かあるな」

部屋の端に、机と大きな棚が置いてあり、メラニーたちはそれを調べる。

「棚の中は空か」

「クイン様、何か変な臭いがしませんか？　生臭いような……」

メラニーが首を傾げると、突然、鞄の中からメルルが顔を出し、机の方に向かって、

「シャー」と威嚇し始めた。

「メルル？」

「何か、あるようだ」

クインが机の下を覗き、手を伸ばす。

「……これは」

クインが拾ったものは、赤い小さな粒のようなものがギッシリと詰まった瓶だった。

「何ですか、それ？」

「……リーラギフトの鱗だ」

「ええっ!?」

クインは机に顔を近づけると、臭いを嗅ぎ、顔を顰めた。

「どうやらここで加工処理をしていたようだな。最近まで使っていたような痕跡がある」

思いがけない発見にメラニーは息を吞んだ。

「この小屋の存在をどうやって知ったのかわからないが、ちょうどいい隠れ家になっていたのだろう。ここは汚染された湖と町の中間地点になる」

「では、ラモンさんが、リーラギフトを売り捌いていた売人なのでしょうか？」

「いや、ブレッドたちと一緒に山を下ってきたと言っていただろう。売人は別にいるはずだ。その売人がラモンにこの場所を教えたのだろう。もしかしたら、我々が森の調査をしているのを知って、急いで撤収したのかもしれない。これは、その時の忘れ物だな」

クインは瓶の中のリーラギフトの鱗を見つめる。

「あくまでも推測に過ぎないが、どちらにせよ、グナーツの中に、リンベルクの魔法騎士と繋がっている者がいるのは確かなようだ。町の者でも、この場所を知っている人間は限られている。兵士たちにも話を聞く必要が出てきたな」

難しい顔をしてクインは唸った。

「でも、魔法陣はなさそうですね……」

メラニーは部屋の中を見回し、項垂れる。リーラギフトの加工場が見つかったことは良かったが、どう見ても魔法陣のようなものはない。

「そうだな。ここも違うようだ。──では、戻るか」

「そうですね。……あれ？　メルル、どこ？」

戻ろうとした時、さっきまで足元にいたはずのメルルがいないことに気づく。

首を巡らすと、メルルが部屋の奥にいた。

「メルル？」

壁の奥を気にしているメルルに気づき、メラニーはハッとする。

「──クイン様。この奥、何かあるようです」

「更に、隠し部屋か！」

二人で顔を見合わせる。王都の城壁も魔法陣は隠し部屋にあった。

「どうしましょう。確認しますか？」

「気になるところだが、今は時間がない。あとでまたじっくり調べるとしよう」

クラリスたちが待っていることを考え、メラニーたちは地下を出た。

「すまない、待たせた。二人に聞きたいのだが、これに見覚えはあるか？」

クインがクラリスたちにリーラギフトの鱗について訊ねてみる。

「なんだ、これは？」

「リーラギフトの鱗です」

「リーラギフト？　定例会議で言っていた、魔物の異常の原因となったあれか？」

「ええ。そうです。会議では言っていませんでしたが、何者かがリーラギフトを養殖し、鱗を密売しているようです」

「なんと！　まさか、それがそうなのか？」

ブレッドが驚いた声を上げ、瓶の中身をじっくりと見る。

「我が国ではリーラギフトの養殖は禁止されているので、初めて目にしました。しかし、そんなものがどうしてここに？」

クラリスの質問にクインは先ほどの憶測を説明した。

「ラモンの共犯者が……」

「この小屋の存在を知っている人間は多くありません。そのラモンという人間が誰かと親しく話をしているところを見たことはありませんか？」

「……そういえば、ラモンは君の噂を誰から聞いたのだろうな？」

クラリスがメラニーを見つめ、首を傾げる。

「魔術師団の誰かか？　だが、そうだとしたら、どうやってこの小屋を知ったのか疑問が残るな」

クインが苦い顔をした。仲間が関与していると考えたくないのだろう。

「どの道、ラモンを捕らえて吐かせるしかないだろう」

クラリスの言葉にブレッドとクインが頷いた。

「今、クラリス殿と相談したのだが、定例会議の場でクラリス殿が消えたと話そうと思う。森で捜索すると提案すれば、急いでここに戻ってくるでしょう。そこを私とクラリス殿で捕まえます」

「その間、ラモンの仲間が顔を出すかもしれないから、私はここに残るつもりだ」

クラリスがそう言うと、ブレッドは納得していないのか、渋った顔を見せた。

「クラリス殿一人では危険です」

「……あの、では私も一緒に残ります」

クインとブレッドは夕方の会議に顔を出す必要があるし、この場で動けるのはメラニーしかいない。

「それは危険だ」

　今度はクインがメラニーを心配する。だが、メラニーは大丈夫だと首を振った。

「魔法陣を敷けば怪我はないと思います」

「魔法陣か。……リンベルクの者に見せるのは避けたかったが、仕方がない。そうしよう」

「魔法陣？　何のことだ？」


「これが守護の魔法陣か？　随分、変わった模様をしているな。魔術式も見たことのないものだ。これはフォステール独特の術式か？」

　クラリスとブレッドが興味深そうに魔法陣を眺める。

　教会に敷いた、魔法陣が描かれた布を回収し、広いスペースのある小屋の地下に魔法陣を敷き直すことにした。

「これは砦にある魔法陣と同じものか？」

「いえ、こちらはそれよりも効果の薄い簡易版です。ですが、敵意のあるものから身を守る効果があるので、大丈夫だと思います」

「だが、油断せずに十分気をつけるように」

「はい。クイン様もお気をつけて」

「ああ」

クインとブレッドが階段を上がっていくと、途端に静まり返る。

ランプの灯りがジリジリと燃える音だけが響いていた。

(クラリスさんと二人きりで何を話せばいいのかしら。ど、どうしよう)

誤解が解けたとはいえ、改めて二人きりになるとどうしていいかわからなくなる。

(あ、そうだ。二人きりじゃないわ)

メラニーは鞄の中にいるメルルの存在を思い出す。

万が一のためにメルルを出しておけば頼りになるはずだ。

「メルル。出ておいで」

ゴソゴソと鞄を探るメラニーにクラリスは怪訝な目を向けた。

「何をしている? ――っ⁉ きゃあああああ!」

メラニーの鞄からにゅるりと姿を現す白い大蛇を見て、クラリスが悲鳴を上げた。

「な、な、なんで、蛇が鞄の中から⁉」

反対側の壁にへばりつくように逃げたクラリスが上擦った声を上げる。

「大人しいので大丈夫ですよ」

メラニーは安全であることを見せるために、ひょいとメルルを抱き上げた。

「ひぃ！　正気か君は！」

魔物相手でも怯(おび)えることのないクラリスが、蛇を怖(こわ)がっているのは少し意外だなと思いつつ、メラニーは説明をした。

「この子は私の使い魔のメルルです」

「つ、使い魔？」

「はい。いい子ですから、危険はないですよ」

「ほ、本当に大丈夫なんだな……」

「はい」

　メラニーが笑顔で頷くと、クラリスは恐(おそ)る恐る戻(もど)ってきた。

「……できるだけ、こっちに近づけないでくれ」

　どうやら、蛇が苦手らしい。

　メラニーは距離(きょり)を取って座ろうとするクラリスからメルルを遠ざけた。

「わかりました。メルル。ここで大人しくしててね」

「シャー」

「……本当に言うことを聞くんだな。まさか、こんな大蛇を使い魔に従えているとは。大人しい顔をして、とんでもない子だ」

　まだ怖いのか、メルルを視界に入れないようにクラリスは話す。

「驚かせてしまってすみません。護衛になるかと思って」

「いや、私の方こそ取り乱してしまってすまない……」

「いいえ、私こそすみません」

互いに謝っていると、クラリスはクスッと微笑んだ。メラニーもおかしくなって笑う。

場の空気が和み、クラリスが改めて口を開いた。

「一つ聞きたいのだが、君はケビン王子と面識が？」

「あ、はい。クイン様がケビン様と親しいので、その関係で」

「そうか。王子は息災か？」

「はい。フレデリカ様のことを心配なさっていました」

メラニーが言うと、クラリスは僅かに目を見開き、口元を緩めた。

「……そうか。忘れないでいてくれたのだな」

安堵に似た表情を浮かべるクラリスは、フレデリカ王女のことを本当に心配しているのだろう。これまでの言動から見ても、随分と気にかけているようだった。

「あの、クラリスさんから見て、フレデリカ様はどのような方ですか？」

「フレデリカ様か……。そうだな。なかなか大変な身の上の方だよ」

クラリスは言葉を探すように、地面を見つめる。

「亡くなられたフレデリカ様の母親は国民から非常に慕われた方でな。その名声は一人娘であるフレデリカ様にも期待の声が上がるほどだったんだ。当然、今の王妃はそれを快く思っていないから、何かにつけ、フレデリカ様を王政から遠ざけようと画策されているんだ」

先ほど聞いた話でも、その御身が危険なことが窺えた。フレデリカに仕えるクラリスも大変だったのだろう。

「あれ？　でもそれなら、フレデリカ様がフォステールに嫁ぐことは王妃様にとっても利害が一致するのではないですか？」

「王妃はプライドの高い方なんだ。自分の娘たちより、良い環境に嫁がせたくないそうだ。フォステールよりも下位の小国か、もしくは国内の碌でもない貴族たちと結婚させたがっているんだ」

壮絶な事情にメラニーは絶句する。

フレデリカ王女がケビン王子に助けを求めて亡命しようとしている理由がわかるものだ。

「ケビン殿下だけがフレデリカ様の支えだったんだ」

「ケビン様が？」

「ああ、あの方は昔からフレデリカ様の味方でいてくださった」

そう言って、クラリスは膝を抱える。

彼女の呟きに、フレデリカ王女がどれだけ肩身の狭い暮らしをしてきたのか想像できた。

フォステールに嫁ぐことはフレデリカ王女にとって希望だったのだろう。

「それでは私のことを聞いて、さぞ辛い思いをされているのでは？　本当にすみません」

「君が謝ることではない。君だって、クイン殿と結婚したいのだろう？　ならば私たちの目的は同じだ」

目元を緩めて微笑むクラリスにメラニーは安堵した。ホッとしたところで、先ほどの話の中で気になったことを思い出す。

「……そういえば、ラモンさんは私のことをなんとおっしゃっていたのですか？」

「君が家柄と若さを利用して次々と婚約者を替える悪女だとか、そんなようなことだ。前の婚約者を捨てて、クイン殿に無理矢理婚約を迫り、国の事業を自分の手柄にしたとか。それだけでは飽き足らず、今度はケビン王子に乗り替えようとしているとか……」

「全部、嘘です！」

メラニーが訴えると、クラリスは「わかっている」と苦笑した。

「さっきのクイン殿との仲睦まじい様子を見ていればわかる」

「クラリスさん、からかわないでください。……でも、ラモンさん、妙にこちらの情報に詳しいですね。どう考えても王都の人間から聞いたようにしか考えられません」

「噂を流す人間に心当たりは？」

メラニーの脳裏にブレンダの顔が浮かんだ。

「……いなくはないです」

「君も大変だな。……仲間と思っていた人間に裏切られるのは辛いものだ」

（裏切りか……）

メラニーはかつて親友だったエミリアの顔を思い出した。

「そうですね……」

彼女は今、どうしているだろうか。まだ自分のことを恨んでいるのか、時々考えてしまう。かつての親友から受けた心の傷は、抜けない棘のようにメラニーの胸の中にずっと刺さったままだ。

落ち込んだクラリスの方を見て、メラニーは考える。

ケビン王子とフレデリカ王女のためにも、そしてグナーツのためにも、一刻も早く魔物の問題を解決しなくてはいけない。リーラギフトの売人捜しの件はクインたちに任せるとして、まずは浄化薬を完成させなければ。

皆が幸せになれる未来のために、自分にできることを考えていると、カタリと上の方から物音が聞こえた。

「……今、何か聞こえなかったか？」

クラリスが剣を持って立ち上がった。

耳を澄ますと、上の方でドタドタとした物音が聞こえ始める。

(──クイン様たちかしら。どうか、上手くいっていますように)

緊張しながら息を殺していると、すぐに静かになった。不安に思いながら待っていると、しばらくしてコンコンと地下の扉を叩く音が聞こえた。

「メラニー、大丈夫だったか?」

「クイン様!」

第六章　共犯者

クインたちから聞いた話によると、ラモンは定例会議に何食わぬ顔で出席していたそうだ。そこでブレッドがクラリスの姿が見当たらないと一芝居打つと、ラモンは東の森へ行くところを見たと虚偽の報告をしたらしい。皆が東の森を捜索する間にクラリスを攫う計画だと予測したブレッドは、ラモンを泳がせ、無事に小屋の前で捕獲したそうだ。クインも他に怪しい者がいないか注視していたが、特に不審な人物は見つからなかったという。

クインの働きかけによって、ラモンは密かに領主の館の地下牢に収容されることになった。共犯者がいる可能性が高いため、当分の間、彼が捕まったことは関係者以外には秘密にする予定だ。そのため、クラリスも行方不明ということにして、館の離れにて引き籠ることになっている。

地下牢を借りるにあたり、グナーツ領主であるジョセフにはラモンの一件を説明することになり、メラニーはクインと共にジョセフの執務室を訪れていた。

「リーラギフトの密売人が、リンベルクの使者と内通している可能性があるとは……」

一連の話を聞いたジョセフは眉間に皺を刻み、大変なことになったと唸る。

「あの小屋の存在を知っている人間は少ないかと。町の兵士に確認をとったところ、小屋の存在は知っているが、交易路が封鎖されるようになってからは、誰も近づいていないと証言していました」

「……そうか。外部の人間の可能性もあるかもしれないな。最近、怪しい人間が町に入っていなかったかすぐに調べさせよう。交易路も使えない今、外部の人間が彷徨いていたらわかるはずだ」

「ブレッドたちが尋問を行うので、そこでも何かがわかるでしょう。父上、今回のことはまだ情報を伏せておいてください。犯人が形跡を消すかもしれません。メラニー、君もいつも通りに過ごすように」

「はい」

「クイン、その例の小屋はどうするんだ？」

「隠れ家としてはもうすでに撤収されているようですが、念のため、小屋に入れないよう封鎖の魔法をかけておきました。もし売人が戻ってきたら、捕まえられるよう罠も仕掛けてあります」

「そうか」

　話を聞き終えたジョセフは椅子に凭れ掛かり、目頭を揉んだ。

「こうも、次から次へと大変なことが起こるとは……。森での調査の方はどうなっている？」

「廃教会の近くにケプロスがいたことから、周辺に巣がないか捜索する予定です。その他の危険な魔物については、大体のところ討伐済みです。あとは汚染された湖の浄化さえ終われば、周辺の魔物の異常な行動も徐々に治まると思います」

「うむ。順調に進んでいるのだな。メラニーさんも手伝ってくれているのだろう？　ありがとう。これからもよろしく頼む」

「は、はい！」

ラモンの一件は気がかりだが、グナーツの町の人たちのためにも、一日も早く浄化薬を完成させなければならない。

メラニーは気持ちを入れ替えて、浄化薬作りに励んだ。

「やっとそれらしい薬ができたわね」

試行錯誤の末、なんとか浄化作用のある薬を作ることに成功した。

試しに汚染水の入った甕に試作品を数滴入れてみると、濁った水が見る見るうちに綺麗になっていく。

　マリアが透明感の増した水に驚愕する。

「古代魔術のレシピを応用すると、こんなにもすごいのですね。一般に売られている浄化薬の何倍もの効果がありますよ」

　だが、水質を調べると、まだリーラギフトの毒性は残っていた。

「まだ毒性が残るわね。これではダメだわ」

「それだけ、リーラギフトの毒性が強いのでしょう」

「これ以上、どうすればいいのかしら？」

　あと一歩何かが足りない。マリアと頭を悩ませていると、椅子の上で寝ていたメルルが不意に頭を上げた。

「メルル？　どうかした？」

　ドアの方を見て、メルルが警戒した様子を見せる。

「──メラニー様、お下がりください。見て参ります」

　マリアが慎重にドアに近づき、廊下を覗いた。

「……………誰もいませんね。館の使用人でも通りかかったのでしょうか？」

　メラニーもメルルを抱えて、一緒になって廊下を覗いた。すると、メルルが反対側の廊下に顔を向ける。見ると、廊下の奥から一人の女性がこちらに向かって歩いてくるところだった。

「あれって――」

その人物はドアから顔を出すメラニーたちを見つけ、笑顔を見せて駆け寄ってきた。

「スチュワートさん！」

「……もしかして、マルティナさん!?」

リンベルクの魔法騎士のマルティナだった。ケプロスの毒を受けて離れに運ばれた際に見たきりだったが、あの時とは比べ物にならないほど血色が良く、まるで別人のようだ。明るい笑顔からは溌剌とした印象を受ける。

「もう動いて大丈夫なのですか？」

「はい！　解毒薬や回復薬をありがとうございました。おかげでやっと出歩けるほど回復致しました」

「いえ、お元気になられたようで、安心しました」

「あっ！　この子がクラリス様のおっしゃっていた使い魔ですね。うふふ。可愛い」

マルティナはメラニーが腕に抱いたメルルを見て、楽しそうに笑う。メルルもマルティナに対して警戒していないようだ。

「あの、マルティナさん。今、誰かとすれ違いませんでしたか？」

「え？　誰もいなかったみたいですけど？」

「そうですか……」

マリアの言うように単に使用人が通り過ぎただけなのかもしれない。

「今日はクラリス様の一件でお礼に参りました。お邪魔ではなかったですか？」

「大丈夫です。散らかっていますけど、中にどうぞ」

メラニーが招くと、マリアが椅子を用意した。

「突然お邪魔してすみません」

「いいえ。あの――あれからクラリス様は？」

「はい。離れの方で過ごされています。ラモンが裏切ったことは堪えているようで、少し塞ぎ込んでいます。私もまだラモンが裏切ったなんて、信じられないです。幼い頃から一緒にフレデリカ様にお仕えした仲間だと思っていたのに……」

マルティナは表情を曇らせ、ため息を吐く。

「ラモンさんの方はどうですか？　何か話されたのでしょうか？」

「ブレッド隊長が問い詰めていますが、まだ口を割りません」

「そうですか……」

「スチュワートさんたちにはご迷惑をおかけしてすみません。それと、クラリス様をお守りいただきありがとうございました」

「いいえ、私は何も」

本当にメラニーはあの場にクラリスと一緒にいて、少し話をしただけである。だが、マルティナは首を振った。

「スチュワートさんからケビン殿下のご様子を聞いて、クラリス様も安心されたみたいです。本当にありがとうございます。ところで……今、スチュワートさんは何をされているのですか？　何か調合中のように見えるのですが……」

マルティナはソワソワした様子でテーブルの上に目を向けた。

「えっと、湖の浄化薬を作っていて」

「え‼　この材料で浄化薬⁉」

急に大声を上げるマルティナにメラニーまで驚いてしまう。

「あ、ごめんなさい。ちょっと驚いてしまって」

「い、いいえ。大丈夫です」

「そういえば、いただいた解毒薬や回復薬もビックリするくらい効果がありました。……もしかして、あれもここにある素材のように高価な品を使ってらっしゃったとか？　どうしましょう……なんとお礼を言っていいか……」

マルティナの顔がだんだんと青ざめていく。

「あの、気にしないでください。えっと、マルティナさんはお薬に詳しいですか？」

素材を見て驚いた様子を見せたので、もしかしてと思って訊いてみる。

「ええ。私も調合師なんです。あのー、もし良かったら、少しだけ拝見してもいいですか？」

「ぎえっ！　何、この反応。ヤバッ！　どうやったら、こんな透明度出るの？　え？　これ、スチュワートさんが作ったんですか？」

マルティナは試作品を試したりして、興奮した様子を見せる。

「うわー、すごすぎる。どうしよう。鳥肌立っちゃった。見てみて」

興奮のあまり、素が出ているようだ。どんどん口調が砕け、グイグイと来るマルティナの勢いに押されて、メラニーもつい色々と教えてしまった。

「ええ？　古代魔術を応用しているの!?　メラニーちゃん、すごいね」

いつの間にか、ちゃん付けで呼ばれていた。年もほとんど変わらないマルティナは親しみやすく、まるで以前からの友達のように感じてしまう。

「こっちの薬は何？」

マルティナが、今までに作った試作品を指差す。

「あ、これは失敗作です。なぜか浄化作用が反転して、毒性が強化されてしまって……」

「へぇ！　面白い。でも、そういった方法あるよね。毒を以て、毒を制すって感じで、あえて闇素材を投入したりさ」

「毒を以て、毒を制す……。――マルティナさん、それです！」

「え？」


翌日。マルティナが再び工房を訪れていた。

「マルティナさんの助言のおかげで上手くいきそうです」

メラニーが礼を言うと、マルティナは微妙な顔で頷いた。

「まさか、本当に浄化薬の中に、リーラギフトの鱗を入れるなんて……」

「でも、こうして毒性は打ち消されていますので、成功と言えるでしょう」

マリアも困惑気味ながらも出来上がった浄化薬を見つめる。

「あとは、分量を調整すれば完成しそうです。マルティナさん、ありがとうございました」

「何はともあれ成功したようで良かったね。私も命の恩人の役に立てて、嬉しいよ。おめでとう。メラニーちゃん」

「はい。ありがとうございます！」

二人で喜び合っていると、マリアがマルティナに訊ねる。

「ところで、マルティナ様は、今日は何の御用で？」

「あっ！　そうだった！　メラニーちゃんに伝えたいことがあったんだ」

「何ですか？」

「昨日、工房のそばに人がいなかったか気にしていたでしょう？　関係があるかはわからないけれど、実は今日、離れの周辺をうろうろしている宮廷魔術師がいたの。声をかける前にいなくなっちゃったんだけど、もしかしたら、同一人物かもしれないと思ったの」

「どんな人ですか？」

「髪の長い、若い女の人よ」

「……もしかしてブレンダさんでしょうか？」

　メラニーが名前を出すが、マルティナは困ったように首を振る。

「ごめん、私、今まで休んでいたから、名前までわからなくて」

「いいえ。知らせていただき、ありがとうございます」

「それじゃあ、私、クラリス様が心配だから戻るね」

　マルティナが出て行った後、メラニーはマリアと顔を見合わせる。

「今日は定例会議の日ですから、館にいたとしてもおかしくはありませんが、このタイミングで離れにいるのはおかしいですね」

「そうね。それに昨日、メルルが警戒した様子を見せたのも気になるわ。もしかしたら、館の中も探っていたのかもしれないわね」

ラモンに情報を流したとされる共犯者はまだ見つかっていない。

もし、これでブレンダが共犯者だとしたら、大変なことだ。

「クイン様に報告しましょう」

「そうですね。この時間なら、執務室にいらっしゃると思います」

クインの執務室へ向かうと、そこにはクインだけでなく、ディーノの姿もあった。どうやらクインの仕事の手伝いをしていたらしい。

「メラニー、どうしたんだ？　何かあったのか？」

マルティナから聞いたことを二人に話す。

「それがもし本当にブレンダだとしたら、離れの近くにいたのは怪しいな」

そういえば、前に兵士たちの宿舎の前で、ブレンダと遭遇したことを思い出す。あの時、砦の近くでラモンらしき姿もあった。もしかしたら、ラモンに情報を渡していたのは彼女なのだろうか……。

そのことも話すと二人は顔を曇らせる。

「警戒した方がいいかもしれないな。ディーノ、宿に戻ったら、デリックにも伝えてくれるか？　それとなく見張っておこう」

どうやら、デリックにはある程度のことは話しているらしい。それだけ、デリックには信用を置いているようだ。

「わかりました。じゃあ、僕はこれで」

「私も工房に戻ります」

「ディーノ。ついでに工房まで送ってやってくれ」

「わかりました」

ディーノが付き添い、三人で工房へと向かった。

「ブレンダ先輩が内通者ね……」

「ディーノさん？」

「ああ、いや。なんか違和感があって。リンベルクと繋がっている人間って、リーラギフトの密売人かもしれないんだよね？　でも、ブレンダ先輩、王都出身でグナーツに縁もゆかりもないはずなんだよね。そんな人が関与しているのかなって、疑問に思って」

「……それもそうですね」

「ああでも、やたらとメラニーのことを探っている感じはあったか」

ディーノは「うーん」と唸りながら頭を掻く。

「なんかグナーツに来てからのブレンダ先輩、ちょっと様子がいつもと違うんだよね。前はもっと大人しくて優しい感じでさ」

「そうなんですか？」

あのきつい態度からは、とても想像がつかなかった。

「前に定例会議のあとで、メラニーのことで文句も言っていたし、こうなると少し怪しいかもね」

「で、でもまだブレンダさんが共犯者だとは限りませんので……。それに、私が皆さんのように役に立ててないのは事実ですし……」

そう言って、メラニーは肩を落とす。

「あれはただの嫉妬だから、気にすることないよ。実際、ああいった陰口はよくあることだから。……実は僕も色々言われててさ」

「え？」

顔を上げると、ディーノはばつが悪そうな顔をしていた。

「ほら、この一年近く、ずっとメラニーたちと仕事してたじゃん。でも、僕はオーリーさんやバーリーさんみたいに古代魔術に造詣があるわけでもないし。結構、周りから嫌味を言われたんだよね。まぁ、新米だから仕方ないけど」

「もしかして、最近、遠征に参加されていたのは……」

「うん。僕なりに実力をつけようって思ったんだ」

（そっか。オーリーさんたちもそのことを知っていたんだわ）

ディーノが遠征に参加した理由についてははっきりと教えてくれなかったのも当然だ。それでもディーノはメラニーに当たることなく、一人で頑張(がんば)ってきたのだ。

(――私も嘆(なげ)いているばかりじゃいられないよね)

「ディーノさん。ありがとうございます。私ももっと頑張りますね」

「ああ。浄化(じょうか)薬作り頑張って」


その後、デリックが信頼(しんらい)の置けそうなメンバーを厳選し、ブレンダのことをそれとなく見張っているそうだ。定例会議も当分の間、館でなく砦で行うことにしたらしい。

そのおかげで一先(ひとま)ずは安心して浄化薬作りに専念できた。

それから数日の内に、遂(つい)に浄化薬の試作品が完成した。

「やっとできましたね」

「マリアも手伝ってくれてありがとう。早速、クイン様に見せにいきましょう」

メラニーは完成した試作品を手にクインの執務室へと向かった。

「これが浄化薬か？　……これまた奇抜(きばつ)な色をしているな。まるで毒薬のような色だ」

クインが薬瓶(くすりびん)に入った液体を日の光にかざし、困惑(こんわく)した表情を見せた。

「色は普通(ふつう)の浄化薬と少し違いますが、効能はバッチリです。ね、マリア」

「ええ。……少々、効果が強すぎる気もしますが、こればかりは実際に現地で試してみないとわかりませんので」

マリアは意味ありげにクインに進言する。

「……まぁ、メラニーの作ったものだしな。心づもりはしておこう。では、湖に行く日取りを決めるか。早い方がいいだろう」

日程について相談していたところへ、執務室のドアがノックされた。

「クイン様！　伝令がありまして、デリック副団長が西の森にある廃教会の近くでケプロスの巣穴を見つけたそうです！」

ディーノが興奮した声を上げて、顔を出す。

「本当か？」

「はい。巣穴の周囲にケプロスがいないか捜索中とのことで、今、宿で待機中のメンバーが森へ行く準備をしています」

「わかった。私もそちらに合流しよう。メラニー、すまない。浄化薬の確認は後だ」

緊張感漂う空気に、メラニーもゴクリと息を呑んで頷いた。

「わかりました。気をつけてくださいね」

「ああ、行ってくる」

慌ただしく、クインたちは行ってしまった。

「残念ですね」

「仕方ないわ。でも、ケプロスが討伐されれば、安心して湖にも行けるもの。そちらの方が優先だわ」

「そうですね。では、工房に戻って片付けをしましょうか」

「そうね」

　バタバタとしてしまったが、とりあえず完成した浄化薬をクインに見せることもできたし、肩の荷が少し下りた。浄化薬を鞄にしまおうとすると、鞄の中に潜んでいたメルルが興味深そうに薬瓶に顔を近づけた。

「ふふっ。メルルも一緒に実験に行こうね」

「――シュー」

「メルル？」

　工房に向かう途中で突然、メルルが警戒したように首を伸ばした。すると、マリアが声を上げる。

「メラニー様、あちらに誰かが倒れています」

　工房の入り口の手前で倒れている人影を発見する。

「大変！」

　メラニーたちは慌てて駆け寄った。

「え、ブレンダさん!?」

なんと倒れていたのはブレンダだった。

(どうして、ブレンダさんがここに?)

先日のマルティナの言葉を思い出して、一瞬、警戒するも、明らかに様子がおかしい。

マリアがブレンダの体を慎重な手つきで起こし、顔を覆った彼女の髪を払う。額に玉の汗を浮かべ、ブレンダは苦しそうに荒い息を吐いていた。どう見ても演技ではない。

「私、お医者様を呼んできます。お嬢様はそちらを動かないでください」

「わかったわ」

一刻を争う状況にマリアが廊下を駆け出し、メラニーはブレンダを見る。

軽く体を確認するが、怪我をしている感じではない。

(酷い汗。顔色も悪いわ……。あれ? なんだか、この症状どこかで……)

メラニーは記憶を辿り、ケプロスに襲われたマルティナが搬送される姿を思い出した。

(そうだわ。毒を受けた時の症状に似ている。まさか、ブレンダさんもケプロスに襲われて?)

先ほどディーノが、デリックがケプロスの巣穴を見つけたと言っていた。もしかしたら、その捜索に参加していたのかもしれない。

(でも、ケプロスに襲われたのなら、傷があるはず……。服は破れていないし、違うみたい？　じゃあ、別の毒かしら？）

「うっ……」

「ブレンダさん⁉　しっかりしてください！」

苦しそうに呻くブレンダの手を握り、ヤキモキしながら、マリアが戻ってくるのを待つ。

（──マリア、早く戻ってきて！）

すると、廊下の奥から人の気配がした。

「マリア？」

もう戻ってきたのかと顔を上げると、そこに立っていたのはマリアではなかった。

「……え、ラインハルトさん？」

「やぁ、スチュワートさん。お一人ですか？」

ラインハルトは笑みを浮かべ、メラニーに近づく。

この状況でブレンダの姿が目に入っていないのだろうか。

嫌な予感がして、体が硬直する。

「ラインハルトさん、ここで何をしているのですか？」

声を震わせながらメラニーが訊ねると、ラインハルトはニヤリと笑った。

「君が一人になるのを待っていたんだ」

静かな声にゾクリと背筋が凍った。

逃げたいが、ブレンダを置いていくわけにはいかない。

どうするべきか迷っていると、ラインハルトが手を伸ばした。

「――っ！　メルル！」

メラニーが叫ぶと、鞄からメルルが勢いよく飛び出した。

「シャー！」

「くっ！」

ラインハルトに襲いかかるメルルだったが、間一髪のところでラインハルトは躱す。

「使い魔か！」

メルルの姿を見て、ラインハルトは懐から何かの道具を取り出した。

（あれは――攻撃用の魔法具!?）

「メルル避けて！」

メラニーが叫ぶよりも早く、ラインハルトはメルルにそれを投げつける。次の瞬間、メルルの体が壁へと打ち付けられた。

「メルルっ！」

動かなくなったメルルを見て、メラニーは悲鳴を上げた。

「高い道具だったのに、勿体無いな」

ラインハルトが近づき、メラニーの口元を押さえた。

「んんっ！」

「おっと、静かにしていてくれよ」

暴れようとすると、何かが首に刺さる痛みがして、すぐに意識が遠のいていく。

（――クイン様、たす……け……て……）


グラグラと揺れる振動で目が覚めた。

「うっ……」

頭が割れるように痛い。

「気がついたか」

すぐ後ろでラインハルトの声がして、メラニーは体を強張らせた。

目を開けると、森の風景が広がっており、足元が揺れる感覚に驚く。

「おっと、大人しくしていろよ。暴れたら、馬から落ちるぞ」

どうやら、倒れている間に馬に乗せられたらしい。ラインハルトがメラニーを支えるようにして、馬を走らせていた。

頭はまだ混乱していたが、ラインハルトと体が密着していることに鳥肌が立つ。

(何が起こったの？　メルルはどうなったの？)

聞きたいことはたくさんあったが、恐怖で喉の奥がヒリヒリとして声にならない。

ここはどこだろうか。森の中ということはわかるが、どの辺りなのか皆目見当がつかない。

(どこへ向かっているんだろう？)

どうしてこんなことになっているのだろうか。

恐怖でガタガタと震えていると、ラインハルトが耳元で笑った。

「なんだ。魔術品評会でガルバドを倒したと聞いていたから、肝の据わった女かと思えば、やはりただのお嬢様だな」

「な、なぜ私を攫ったのですか？　ブレンダさんに何かしたのもあなたですか？」

「そうだ。あんたを一人にさせるために、ブレンダに協力してもらったんだ」

「協力って……。一体、何を……」

「何だと思う？」

ラインハルトは楽しそうに訊く。

メラニーは先ほどのブレンダの容体を思い出し、一つの仮説を口にした。

「リーラギフトの毒……ですか？」

「さすが、あのクイン様の弟子だな」

ラインハルトは口笛を吹く。

「では、あなたがラモンさんの共犯者？」

「……ラモンのことを知っているのか？　やつは今どこだ？」

ラモンの名前を出した途端、ラインハルトは声を低くした。

豹変した声に怖くて震えていると、「答えろ！」と、耳元で叫ばれる。

「――ブ、ブレッドさんたちが捕らえてます」

「チッ。やはり捕まっていたのか。急に姿が見えなくなったからおかしいと思ったよ。それじゃあお姫様の捕獲は失敗したんだな」

ブツブツとラインハルトが呟く。

（お姫様――？　クラリスさんのこと？）

話をしている内に、だんだんと頭が冷静になってきた。メラニーはラインハルトに気づかれないように、鞄の中を探った。

（ラインハルトさんは魔術師団のメンバー。私の魔法では太刀打ちできないし、詠唱をすればすぐに気づかれる。攻撃用のお守りもあるけれど、一度使えば終わりだわ。上手くいけばいいけれど、失敗したらどうなるかわからない。それにここがどこかもわからないのに、危険すぎる。森の中を一人で帰ることなんて無理だし……）

その時、手の中に小瓶の感触がした。これならと思い、そっと蓋を開ける。

気づかれないよう、ラインハルトに訊ねる。

「さ、先ほどの質問にまだ答えてません。どうして、私を攫ったのですか？」

「あんたが邪魔だからだよ」

「邪魔？」

指先に蝶の脚がかかる感触がして、鞄から手を抜き出す。ラインハルトに見えないように体の前に隠しながら、メラニーは指先に止まった蝶を見つめた。

(お願い！　クイン様を呼んできて！)

メラニーが指先を動かすと、蝶はひらひらと羽ばたき、飛んでいった。幸いなことにラインハルトは気づかなかったようだ。

「あんた何か調べ物をしていたんだろう？　そのせいで湖は見つかってしまうし、それに今度は浄化薬を作っているそうじゃないか。そんなことをされたら困るんだよ」

工房を探っていたのはラインハルトだったようだ。湖が見つかったのは偶然だが、彼にはメラニーが密売の邪魔をしているように見えたのかもしれない。

「……私を消すつもりですか？」

「いや、あんたには利用価値がありそうだ。そんな勿体無いことはしない」

ラインハルトは愉快げに笑った。

その言葉に身震いする。

(——大丈夫。きっとクイン様が助けに来てくださるわ)

メラニーは自分自身に言い聞かせる。マリアもメラニーの姿が見えないことに気づいて、クインに連絡をとっているかもしれない。

その時、耳をつんざくような金切り声が森の奥から響き渡る。

「——っ!?」

(鳥の声……じゃない。あれはケプロスの鳴き声！　もしかして、廃教会の近く!?)

落ち着いて周囲を見回すと、以前に通った景色に似ている気がした。

「なんで、こんなところにケプロスが！」

ラインハルトが馬の速度を落として、鳴き声の方角を探る。

その焦った様子に彼がケプロスの巣穴が見つかったことを知らないのだと気づく。

「おい！　もう一匹、あっちに行ったぞ！　追え！」

思った通り、遠くの方から馬の蹄の音と共に人の声が聞こえた。間違いなく廃教会の近くだ。

「くっ！　なぜ奴らが!?」

ラインハルトが馬を止め、どちらに逃げるべきか迷いを見せた。

(さっきのはデリックさんの声だわ！　クイン様も近くにいるかも！)

一か八か、メラニーは精一杯の大声を上げた。

「――デリックさんっ!!」

「何をっ！」

ラインハルトは慌てて、メラニーの口を塞ぐが、一足遅かった。

「――そこに誰かいるのか!?」

木々の奥からデリックの声が飛んでくる。

(声が届いた！)

ラインハルトに口を塞がれながらも、メラニーはデリックらの声がする方向に顔を向ける。

「んんんっ！」

「くそ。余計なことを！」

逃げられないと悟ったのか、ラインハルトは懐からハンカチを取り出し、メラニーの口元に無理矢理あてがった。

「んんっ!?」

「あんたには使いたくなかったが、仕方ない」

「――んんんっ！」

振り解こうにも強い腕力で押しつけられ、ハンカチからツンとする匂いが鼻に入ってきた。この匂いは知っている。

(まさか、リーラギフト!?)

「ブレンダのように操り人形にさせてもらうぞ。いいか、俺の指示に従うんだ」

耳元でラインハルトが囁く。

(操り人形？　どういうこと？　ただの毒じゃないの？)

考えようとするが、頭がクラクラとする。

「――そこにいるのはラインハルトか？　それに前に乗せているのはスチュワートさん？　なぜここに！」

「静かにしているんだ」

ラインハルトが念を押してから、ようやくメラニーの口を塞ぐ手を下ろした。

頭の中がぼうっとする。

「デリックさん、どうかしましたか？」

ラインハルトが冷静を装って振り返った。

メラニーは霞む視界でクインの姿を探す。

ここにいるのはデリックたちだけのようだ。クインの姿はない。

息を吸い込むと、少しだけ意識がはっきりとした。

(もっと、空気を吸わなくちゃ……)

「それはこっちの台詞だ。どうしてお前がスチュワートさんとこんなところにいるんだ？

他の者はどうした？」

「実はこれはブランシェットさんの指示なんです。メラニーさんを連れてくるように頼まれまして。そうだよな？」

ラインハルトが同意を求めるようにメラニーに話しかけた。

だが、メラニーは頭のモヤを振り払うように首を振った。

「――ち、違います」

「おい、何を――」

ラインハルトがデリックに見えないように、メラニーのローブを引っ張る。

だが、メラニーはその手を振り解いた。

「デリックさん、助けてください！」

「なっ⁉」

「どういうことだ⁉　ラインハルト、説明をしろ」

異変を感じとったデリックがラインハルトに詰め寄る。

「こ、これはですね……」

魔術師団のメンバーに囲まれ、ラインハルトがしどろもどろに固まっていると、突然、頭上が暗くなった。

「キィィッ！」

「まずい！　ケプロスだ！」

いつの間にかケプロスがメラニーたちの上を飛んでいた。

しかも、木々の隙間を縫って急降下してくる。

「きゃあ！」

突然のケプロスに驚いた馬が嘶きを上げ、前足を高く上げて仰け反った。メラニーは咄嗟に馬にしがみつくが、不意をつかれたラインハルトは地面に投げ出された。

「うわぁっ!?」

「お、おい！　ラインハルト！」

「スチュワートさん！」

周りの魔術師団も何が起こっているのかわからないながらも、襲いかかるケプロスをどうにかしようと交戦する。

その中で、デリックがメラニーの乗る馬を押さえようとした。

しかし、混乱した馬はその制止を振り切り、そのまま逃げるようにして駆け出した。

「きゃあああっ！」

メラニーは振り落とされまいと、必死に馬にしがみつく。

「スチュワートさん!?　おい、急いで応援を呼べ！」

背後からデリックの叫び声が聞こえ、閃光弾が上がる音が聞こえた。

ケプロスの姿が見えなくなっても、馬は全速力で木々の間を駆け抜けていく。時々頭上を細い枝や葉っぱが掠め、ピシピシと枝が体に当たった。

どれだけ走ったのかわからない頃、どこからともなく、メラニーの名前を叫ぶ声が聞こえた。

「メラニー！」

（クイン様⁉）

一瞬、幻聴かと思ったが、背後から物凄い勢いで馬を駆る音がした。

「そのまま、しっかり捕まっていろ！　振り落とされるな！」

クインの乗った馬が速度を上げ、メラニーのすぐ隣まで近づいた。

（――クイン様！）

クインはタイミングを見て、馬をピッタリと並走させると、メラニーの馬の手綱を摑んで引き寄せた。そして並走させたまま、メラニーの後ろに飛び移る。

「きゃあっ！」

無理矢理移ってきたクインに驚き、馬が前足を上げた。クインは手綱を引き、制御を試みたが、馬は乗っている人間を振り落とそうと暴れた。

「くっ！　まずい。メラニー、摑まるんだ！」

咄嗟にクインがメラニーの体を引き寄せる。

視界が急転し、馬から体が離れた。

「っ⁉」

クインに抱きしめられた状態で、メラニーは地面に投げ出される。

「――っ！」

クインの指がパチリと鳴り、地面にぶつかる直前で一瞬、体が浮いた。クインが魔法で衝撃を減らしたようだが、二人はそのまま地面に転がった。

視界がぐるぐると回る。

「――っ！！！！」

斜面を転がっていると気づいた時には、開けた空が見えた。

（まさか、崖⁉）

しかし、転がるスピードは止まらない。

空中に投げ出された瞬間、クインが叫んだ。

「メラニー、摑まっていろ！」

何が何だかわからずにメラニーは言われた通りにクインにしがみつく。

クインの指が再び鳴り、次の瞬間、ぶわりと全身が風に包まれる。

ローブや服が風を纏い、落下の速度が緩まった。

クインにしがみつきながら、そっと下を見ると、湖が広がっていた。

（助かった。下は湖だわ）

ホッとしたのも束の間、その湖が黒く濁っていることに気づく。

（えっ!?　もしかして――汚染された湖!?）

いくらクインの魔法をもってしても、人間二人分を浮かせ続けることはできないようで、じわじわと湖に近づいていく。このままでは毒に塗れた湖に落ちてしまうだろう。

クインも状況に気づいたようで、今度は別の魔法を唱え始める。

（そうだ、浄化薬！）

完成したばかりの浄化薬を鞄の中に入れたことを思い出す。

ダメ元でもやってみるしかない。

鞄から浄化薬を取り出すと、瓶の蓋を抜いて、そのまま湖に投げ落とす。

次の瞬間、クインが叫んだ。

「メラニー、口と目を閉じるんだ！　息は絶対にするなよ！」

第七章　ケビン王子

時は少し遡る。

クインはケプロス討伐のため、町で他のメンバーと合流し、森へ向かうことにした。しかし、魔術師団が使っている宿に到着すると、一部のメンバーの姿がなく、騒ぎになっていた。聞けば、その中にブレンダと、彼女を監視していたメンバーが入っていた。

直感的にメラニーが危ないと思い、ディーノにいなくなったメンバーの捜索とデリックへの伝言を託し、クインは館へと戻る。だが、そこでも騒ぎが起こっていた。クインの姿を見つけ、顔を真っ青にしたマリアが駆け寄った。

「大変です！　お嬢様の姿が！」

マリアから状況を聞いていると、今度はそこへ青い蝶が飛んできた。

（——メラニーだ！）

ただならぬ事態にクインは蝶を追って、急いで馬を走らせ、森へ入る。蝶は例の廃教会の方角へ進んでいると気づき、なぜメラニーが森にいるのか疑問に思う。

すると、前方からケプロスの興奮した鳴き声と、交戦するデリックたちの声が聞こえた。

それだけではない。メラニーの叫び声が聞こえた。

その直後、前方で閃光弾が上がる。それを目印に駆けつけると、ちょうど魔術師団のメンバーがケプロスを打ち倒すところだった。その中に、縄で縛られたラインハルトが地面に転がっていることも気になったが、メラニーの叫び声が聞こえ、クインはそのまま馬を走らせた。

すると、前方を駆けるデリックの姿があった。

「デリック！」

「ブランシェットさん⁉　大変です、メラニーさんが！」

「わかっている！」

視界の先にメラニーの乗った馬が見えていた。デリックを追い越し、急ぎ駆ける。

「メラニー！」

間一髪のところで、暴れる馬に必死に掴まるメラニーを助けたところまでは良かった。

だが、馬から落ちた後、そのままクインたちは坂を転がった。転がった状況ではうまく魔法もかけられない。メラニーを庇うようにしっかりと抱きしめていると、この先が崖であることに気づく。

（――くっ！　急いで魔法を！）

崖の上から投げ出される直前、自分たちの周りに風魔法をかけることができた。

しかし、その効果もせいぜい落下の速度を緩めることができるくらいだ。

眼下には毒に汚染された湖が広がっていて、そこに落ちようとしている。禍々しい毒に塗れた湖に落ちたらどんなことになるかわからない。急ぎ保護魔法をかけるが、どこまで効力があるだろうか。せめてメラニーだけでも守ろうと、保護魔法を重ねがけする。

(これで少しは身を守れれば良いが……)

ふと腕の中で身じろぎをする気配に気づいて顔を向けると、メラニーがゴソゴソと鞄を探って何かを湖に落とした。

(何だ？)

何をしたのか訊ねるより前に水面が差し迫っていた。

「メラニー、口と目を閉じるんだ！　息は絶対にするなよ！」

メラニーをきつく抱きしめると同時に湖に落下する。

――ドボンッ！

重ねがけをした保護魔法により、肌の周りに薄い膜が張った。少しの間であれば、毒から皮膚を守ることができそうだ。だが、一刻も早く陸に上がらなければ。

(――っ!?　なんだこれは？)

瞼を開けたクインの目に飛び込んできたのは、不思議な光景だった。

クインとメラニーを中心に透き通った水が広がり、毒に汚染された水が遠くの方へ押し

出されているように見えた。

(何が起こっている？)

まるで奇跡を見ているようだった。

メラニーを引き上げるようにして、水上へ泳ぐ。

「ぷはっ！　メラニー、大丈夫か？」

メラニーの顔を水面に上げさせると、彼女は苦しそうに咳き込んだ。

「――ごほっ」

(とりあえず、陸へ)

クインは首を回らせると、メラニーを抱えて陸に向かって泳いだ。

幸い、岸は近く、毒に触れることなく、陸に上がることができた。メラニーは僅かに水を飲んでしまったようで、咳き込みながら水を吐き出していた。その背中をクインは摩る。

「大丈夫か？」

声をかけると、意識ははっきりしているようでコクコクと頷いた。

その様子を見て、ホッと安堵の息を吐く。ずっしりと水を含んだローブが重い。張り付いた長い髪を掻き上げて、改めて湖に目を向ける。

「――これはどういうことだ？」

クインたちが落ちたところを中心にエメラルドグリーンの綺麗な湖になっていた。

その原因となりそうなことを思い出し、ぐったりとしているメラニーを見つめた。

「メラニー、君の仕業か？　一体、何を投げ入れた？」

ようやく息が整ったメラニーが顔を上げる。

「……浄化薬の、試作品です。少しは効果がありましたか？」

少しどころの話ではない。

リーラギフトを全て捕獲したとはいえ、臭気で息をするのも憚られていた湖だ。なのに、今は心なしか空気まで澄み切っているように感じられた。更には、驚くべきことに鳥の囀りが聞こえ、どこから来たのか小鳥たちが集まってきていた。

投げ入れた浄化薬の量はそれほど多くはないはずだ。なのに、広大な湖の四分の一ほどを浄化してしまっている。

おかげで汚染された毒から助かったわけだが、今は驚きの方が大きい。

クインはたまらずに、その場に腰を下ろし、息を吐く。

「まったく、君はまたとんでもないものを作ったな」

褒めるべきか、呆れるべきか迷うところだった。

湖から引き上げられた後、メラニーはクインの風魔法で、濡れた全身を乾かしてもらっていた。すると、茂みの中からゴソゴソ揺れ動く音が聞こえ、デリックが現れた。

メラニーたちが崖から落ちたことに気づいて、慌てて湖まで下りてきたようだ。

「ブランシェットさん、大丈夫ですか!?　って――これは！」

デリックの後ろから他の魔術師もやってきたが、彼らは目の前に広がった光景を見て、目を丸くした。

円を描くように綺麗に一部分だけ浄化された湖を見て、デリックはクインに詰め寄る。

「一体、何が起こったんです？　この湖はどういうことですか？」

「その説明は後だ。それよりもケプロスはどうした？」

「無事捕獲しました。それとラインハルトも拘束して捕まえてあります。スチュワートさんも大丈夫ですか？」

「はい。なんとか……」

「ラインハルトだと？」

クインが驚いた様子でメラニーを振り向いた。

「ええ、実は——」

メラニーはラインハルトに攫われた経緯を説明する。

「……ラインハルトが犯人だったのか」

クインが怒りを隠しきれない表情で呟く。

「ちょっと待ってください。ラインハルトがリーラギフトの密売に関与を？　それにブレンダを操っていたと？　なんということだ……」

デリックはクインからある程度の事情を聞いていたため、戸惑うくらいで済んだようだが、他のメンバーはまったくの初耳のようで、目を丸くしていた。

「デリックさん。先ほどは助けていただきありがとうございました。クイン様も、本当にありがとうございます。お二人がいなかったら、私——」

思い返したら、震えが込み上げてきた。同時に、あれだけ忠告されていたのにラインハルトに攫われてしまったことを不甲斐なく思う。

メラニーが力無く項垂れていると、クインが頭をそっと撫でた。

「何はともあれ、君が無事で良かった……」

一先ず、メラニーたちは館へ帰ることになった。

「メラニー、立てるか？」

クインが手を伸ばし、メラニーを立たせる。

「他に怪我は？　落馬した時に体を打ち付けてないか？」

「クイン様が守ってくださいましたので大丈夫です。——あっ！」

メラニーは大事なことを思い出し、口元に手を当てて声を上げる。

「どうした？」

「クイン様。私、リーラギフトの毒を吸い込んだかもしれません」

「何⁉」

「ラインハルトさんが私に薬を染み込ませたハンカチを嗅がせたんです」

クインは愕然とし、焦った姿を見せる。

「大丈夫なのか？」

「はい。不思議なことに気持ち悪かったのは最初だけで、すぐに治りました」

メラニーは確認のため、自分の手足を軽く動かす。普通に動くし、頭もはっきりとしている。今のところ特に問題がある感じはない。

「ラインハルトさんも驚いていたようでしたが、どうして効かなかったんでしょうか？」

効かなかったのは良かったのだが、疑問である。

クインはしばらく考えて、困ったようにメラニーを見下ろした。

「リーラギフトの毒は相手の魔力に作用するものだ。ラインハルトは君に魔力がほとんどないことを知らなかったのだろう」

「あっ……」

魔術師としては少し情けない理由だった。効かないのは良かったが、なんだか複雑な気分である。

「それでも少し吸ったことは変わりない。早く、医師に診せよう」

それから館に戻ったメラニーはすぐに医師に診てもらった。運の良いことに体に影響はなく、一安心だ。それは良かったのだが、突然、メラニーの姿が見えなくなったことで、予想以上の騒ぎになっていた。特にマリアには心配をかけてしまったこともあり、安全が確認されるまで万が一のことも考えて、しばらく安静にすることになった。

怪我をしたメルルを治療しながら、メラニーは部屋に引き籠る。数日後、ようやく部屋から出ることを許されたメラニーは、クインとディーノから応接室にてその後の話を聞いていた。

メラニーが強制的に休まされている間、クインたちはラインハルトの取り調べをしたり、ケプロスの後処理や、湖における浄化薬の効果を調べたりと忙しく働いていたらしい。

ラインハルトの自白でいくつかのことがわかった。

　彼がリーラギフトの密売に関わっていたことは紛れもない事実で、今回のグナーツ遠征に参加したのは、事態の発覚を恐れてのことだった。クインたちが森を調査している間に小屋の地下室を片付けたり、ブレンダを利用してメラニーの周辺を嗅ぎ回っていたりしたらしい。また、メラニーを攫う前には、ブレンダを監視していたメンバーを薬で眠らせ、宿の一室に閉じ込めていたらしい。

「ラインハルトの証言では、ブレンダにリーラギフトの鱗から作った毒薬を与えていたそうだ」

「私が嗅がされたものですよね」

「ああ。魔物の調教用に使われることがあるように、リーラギフトの鱗は精神に作用するものだ。長期的に少量ずつ与えたことで、彼女を操っていたと思われる」

「だから、ここのところのブレンダ先輩の様子がおかしかったわけですね」

　ディーノが納得した様子で頷いた。

「あの……ブレンダさんはあれから？」

「……長い間毒物に侵されていたからな。倒れたのも過度の摂取によるものだ。しばらくはベッドから動けないだろう」

　場合によっては、メラニーもブレンダのようになっていたかもしれないと考えると背筋が寒くなった。

「リーラギフトを密売するだけじゃなくて、人に対して使うだなんて、本当に信じられないよ」

ラインハルトが働いた悪事に、ディーノが憤慨した。

「ブレンダはラインハルトに好意を抱いていたようだからな。余計に操りやすかったのかもしれない」

「あ、あの……市中に出回っているリーラギフトはこのままで大丈夫ですか？　もし、ラインハルトさんのように悪いことに使われたら大変だと思うのですけど……」

「そうだな。今までは国内にほとんど出回ることのないものだったから特に取り決めはなかったが、こんな使い方をされたのなら一刻も早く周知しないと危険だ」

「場合によっては市場に出ている品も回収が必要ですね」

「ああ。すぐに王都に連絡を入れて、規制してもらおう」

クインとディーノは真剣な顔で相談をする。

今後のことについて話をしていると、廊下からバタバタと駆ける音がして、館の使用人が慌てた様子で顔を出した。

「――クイン様、大変です！」

「次から次へと、今度はなんだ？」

うんざりした顔でクインが用件を訊ねる。

「王都からの使者が到着したようです！　しかも、あの――」

「ああ――やっと来たか」

報告を聞くなり、クインは立ち上がり、部屋を出て行った。

その急いだ様子にメラニーとディーノは顔を見合わせて、首を傾げる。

「王都から使いってなんでしょうね？」

「さぁ？　僕たちも行ってみようか」

廊下に出ると、王都からの使者がやってきたと聞いて、他の使用人たちもバタバタとした様子で館の中を行き来していた。なんだか大変な騒ぎのようだと思いながら玄関ホールへ向かっていると、途中でクラリスと遭遇する。彼女の後ろにはブレッドやマルティナたちもいる。

「メラニー！　王都から使者が来たと伺ったが」

「そのようです。私も今しがた聞いたばかりなので、何がなんだか……」

クラリスたちと一緒に外に出ると、正装に着替えた領主夫妻が出迎えの使用人と共に並んでいた。その隣にクインが立ち、夫妻と何やら話している。

「あの行列がそうか？」

王都の使者と言われて想像していたよりも多くの馬車と護衛騎士が坂を登ってくる姿が見えた。その真ん中には一際豪華な馬車がある。

町の住民たちが興味深そうに列の後ろをついてきているのが見えた。まるで祭りの行列のような雰囲気だ。こんなに物々しい大行列で来ているということは相当立場のある人が馬車に乗っているのかもしれない。

チラリと領主夫妻を見ると、かなり緊張した様子を見せていた。それに比べ、クインはいつもと変わらない様子である。

(――もしかして、クイン様、誰が来るのか聞いているのかしら?)

そんなことを考えているうちに王都の使者一行が館の敷地内へと入ってきた。

領主夫妻を始め、ポーチに並んだ人々が礼をとっていると、玄関の正面に止まった一際豪華な馬車から人が降りてきた。

「出迎え、ご苦労」

聞いたことのある声にメラニーは目を見張った。

「ケビン様!?」

こんなところに来るはずもないその人物に驚きの声を上げると、してやったりとばかりにニヤリと笑ったケビンがそこに立っていた。

ケビン王子の登場にざわめく中、グナーツ領主が前に出る。

「殿下自らお越しいただきましたこと、光栄に存じます」

「うむ。突然の訪問になってしまい、グナーツ領主には面倒をかける」

ケビンが領主夫妻に挨拶を述べている姿を見ながら、メラニーはチラリとクラリスたちに視線を向けた。

彼女らもまた唖然とした表情を浮かべていた。

驚くのも無理はないだろう。

まさか、王子自らやってくるなんて、誰だって想像していない。

すると、領主への挨拶を終えたケビンは、次にクインへと視線を向ける。

「道中も次から次へと手紙を送りつけられ、驚いたぞ」

「手紙では伝えきれなかったこともたくさんございます」

両親の手前だからか、クインは畏まった口調で答える。

「……面倒ごとが増えた予感がするな。わかった、あとで聞こう。それよりもまずは――」

ケビンはリンベルクの魔法騎士たちに視線を向けた。

視線を受け、代表してブレッドが前に出る。

「クインからの手紙で事の詳細は聞いている。捕まえた間者は今どこだ？」

「こちらの地下牢に繋いでおります」

「そうか。わかっていると思うが、今回の一件はフォステールの領地内で起こったことだ。裁きには我々も関与させてもらう」

「かしこまりました」

そこでブレッドは顔を上げ、感慨深い様子でケビンを見据えた。

「ケビン殿下自ら出迎えに来ていただきましたこと、誠に感謝いたします」

「……いや、礼を言うのはこちらだ。王女を無事に連れてきていただけたことを感謝する」

（え？）

ケビンの言葉にメラニーは首を傾げる。

するとケビンはブレッドの横に立つクラリスに目を向けた。

「まったく、あなたは無茶ばかりする」

そう言って、ケビンがクラリスの前で膝をつき、手を差し伸べた。

「──お迎えに上がりました。フレデリカ王女」

「それはお互い様ではないですか、ケビン様」

にこりと微笑んだクラリスがその差し出された手を取った。

（……え、今、何て？）

まるでいたずらっ子のように互いを見つめ合う二人を見て、メラニーは呆然とする。

「え、待って、それって、あの人がフレデリカ王女ってこと⁉」

隣のディーノの呟きにメラニーは一呼吸遅れて、理解した。

「──ええっ⁉　クラリスさんが王女様っ⁉」

思わず大声を上げてしまい、自分の口を慌てて塞ぐ。

だが、それを咎める人はいなかった。ほとんどの人がメラニーと同じような反応をしていたからだ。驚いていないのはリンベルクの魔法騎士の面々くらいだろうか。ブレッドやマルティナなどは感極まった表情でケビンとフレデリカの様子を眺めていた。

（クラリスさんが、フレデリカ王女様だったなんて……）

今までのクラリスとの会話などを思い出し、メラニーは愕然とする。

と、そこでメラニーはもう一人平然としているクインに気づいた。

「クイン様。もしかしてクラリスさんがフレデリカ王女であることに気づいていたのですか？」

こっそりと近づいて訊ねると、クインは頷いた。

「ああ。ブレッドがやけに彼女を気にかけている様子を見て、違和感を覚えたからな。すぐにケビンに彼女の特徴を報告したんだ」

ではそれを聞いて、ケビン王子は急いで駆けつけたのだろう。

（それだけ、フレデリカ様が心配だったってことよね）

メラニーは穏やかな表情で互いを見つめ合う二人に目を向けた。

（良かったですね。フレデリカ様、ケビン様――）

メラニーたちがグナーツへ来た理由も、フレデリカ王女を迎え入れるためだ。当初の目的がこんな形で果たされたことに驚きつつも、安堵する。

「これで全て丸く収まってくれれば言うことはないな」

クインも同じ気持ちなのか、ポツリと呟いた。

「そうですね」

あとは交易路が再開し、リンベルクとの交流が復活すれば、もっと話は進むだろう。

メラニーはクインの隣に立ちながら、上手くいく未来に思いを馳せた。


だが、大変なのはこれからだった。

なんせ急に王子がやってきた上に、クラリスがフレデリカ王女とわかった今、部屋を新たに拵えなければならず、館の中は上から下へと使用人たちがバタバタと走り回っていた。

元々、館に身を寄せていた魔法騎士団に加えて、王子一行を迎えるために部屋数が足りず、近くの豪商たちや宿と連携をとって迎え入れる準備をしなくてはいけない。彼らの食事の準備もあるし、領主の館は使用人も含め大変な騒ぎとなっていた。

正体が明らかとなったフレデリカは今までと同じ扱いで良いと断ったが、そうはいかないのだろう。サマンサの指示でリンベルクの魔法騎士たちと共に部屋を本館の方へ移すことになった。

領主夫妻がもてなしの用意をするまでの間、メラニーとクインは応接室にてケビンの相手をすることになった。

「しかし、思ったより早い到着だったな」

「ああ。それについては二人に礼を言わないとな。お前たちが考案した例の魔法陣を馬車に取りつけたおかげで道中魔物に遭遇することなく来られた。あれは素晴らしい発明だ」

満足げに話すケビンにクインは首を傾げる。

「予備の魔法陣はなかったはずだが？」

「ああ。オーリーとバーリーに頼んで、急ピッチで作ってもらった」

「……それは帰ったら、うるさそうだな」

クインの言うように、文句を垂れる二人の姿が容易に想像できた。

「それにしても、よく王都を抜け出してグナーツまで来られたな。ユスティーナ王女たちの対応は大丈夫なのか？」

「母上が監視をしている。大臣たちには余計なことをしないように別の案件を押し付けているし、時間稼ぎはできるだろう」

そう言って、ケビンはメラニーを見た。

「スチュワート家も一家総出で、娘は私と結婚しないと、あちらこちらの集まりで否定しているらしい。協力的で非常に助かっているよ」

「まあ、お父様たちが」

「ああ。それと、スチュワート侯爵の協力で、リーラギフトを売りつけた出所がわかったぞ」

「どこだ？」

「隣のレストベール領の商人だ」

「レストベールか。確か、ラインハルトの生まれ故郷だったな。リーラギフトを養殖し、密売するにしても、ラインハルト一人ではできないことだ。きっと仲間がいるはずだ」

レストベールと聞いて、メラニーは「あっ」と声を上げる。

「どうした？」

「あの、私を攫おうとした時、もしかしたら、レストベールに逃げようとしていたのかもしれません。あのまま真っ直ぐ森を抜ければレストベール領ですよね？」

「なるほど。だが、そこでデリックたちと遭遇したというわけだな。……しかし、レストベール領か。隣の領地が関与しているとなれば、父上も頭が痛いだろうな。まさか、領主まで関与してないだろうな」

今後の領地間のことを考え、クインはため息を吐く。

「それは今後の取り調べで明らかになるだろう。だが、行商人もわかっているんだ。すぐに他の連中も明らかになるだろう」

「あの、ラモンさんとの関係は？」

「それに関しては口を閉ざしている。ラインハルトが隣国の者とどうやって交流を持ったかについては慎重に調べないといけないな」

「ああ、そうだな。詳しい話は領主も交えて行おう」


ケビン王子訪問の翌朝。

昨日、メラニーは早めに休ませてもらったが、クインはケビンと今後のことについて夜遅くまで話し合っていたようだ。領主夫妻もまだまだ忙しいようで、彼らに代わり、メラニーはフレデリカ王女の相手がてら一緒に朝食を摂ることになった。

「おはようございます、フレデリカ様」

先に食卓の席に座っていたフレデリカに対し、メラニーが礼をとって挨拶をすると、フレデリカは困ったように苦笑した。

「そんなに畏まらなくていいよ。今まで通り接してくれるとありがたい」

「で、でも……」

「気にしないで良いですよ。フレデリカ様って普段からこんな感じだから」

そう言って、マルティナがフレデリカの前に朝食の皿を置く。

館の使用人の人手が足りていないこともあって、マルティナがフレデリカの給仕を務めていた。元々、マルティナはフレデリカの護衛騎士でもあるが、普段から身の回りの世話も受け持っているらしい。

メラニーはマリアが朝食の用意をするのを待ってから、フレデリカに訊ねる。

「でも、本当に思い切ったことをなされたのですね。魔物がいるのに、まさかフレデリカ様自ら山を越えて来られるなんて」

「王妃側の追っ手が来る前に、一刻も早く、国から出たかったんだ」

「では、山の向こうで待機されているのは？」

「本物のクラリスだ。リンベルクを出ていないことを示すために、入れ替わったんだ。だが、今頃バレているかもしれない。クラリスは大丈夫だろうか？」

「クラリスなら自力で山を越えられますから問題ないですよ」

「そうだと良いが」

心配するフレデリカに対し、マルティナは少し怒った顔をする。

「クラリスよりもフレデリカ様の方が危険でしたからね。まさか、自ら囮になるなんて」

「えっと、ラモンさんはクラリスさんがフレデリカ様だと知っていた訳ですよね？　じゃあ、ラモンさんがあの場でフレデリカ様を襲ったのは？」

「誘拐して、王妃側の人間に渡すつもりだったのだろうな」

フレデリカはさらりと言うが、そんな危険な状況で、自ら囮になるなんて考えられないことだ。そう思ったのはメラニーだけではないようで、マルティナがプリプリと頰を膨らませた。

「私に隠れてそんなことをするなんて、危険すぎます！」

「命を取られるリスクは少なかったからいいだろう？　……それに裏切り者が誰かわからなかったからな」

「私まで疑っていたのですか⁉　私、寝込んでいたんですよ？」

「念には念を入れていただけだ。それに、ケビン王子の新しい婚約者が目の前に現れたんだぞ。疑心暗鬼になっても仕方ないと思わないか？」

フレデリカは申し訳なさそうにメラニーを見つめた。

思い返してみれば、確かに警戒感が滲み出ていた態度だった。

(単に恋敵としてじゃなくて、リンベルク王妃と繫がっているかもしれないと思っていたから、あんな強固な態度をとっていたんだ)

「だが、私の杞憂だとわかって良かった。メラニーにもきつい態度をとってしまい申し訳なかった」

「いい、いいえ。フレデリカ様のお立場なら当然です」

「君は優しいな」

そう言って、フレデリカは微笑んだ。

それにしても、ケビン王子以外の人との結婚を避けるためとはいえ、無茶な強行をしたものだ。だが、自分の身に置き換えてみると、そこまでする理由も理解できた。

(私だって、クイン様以外の人と結婚したくないもの。フレデリカ様もきっと必死だったんだわ)

話をしているうちに朝食を食べ終える。そのタイミングで、クインとブレッドがやってくる。

「フレデリカ様。ケビン殿下がお話があると」

正体を明かした後なので、ブレッドはフレデリカに対し、殊更に慇懃な態度へと変わっていた。

「わかった」

捕まったラモンのことや今後の二人のことについて大事な話し合いがあるのだろう。フレデリカは笑顔を消し、真面目な顔で頷いた。

「では、先に失礼する」

さっと立ち上がり、フレデリカたちは退出した。

その立ち姿は王女とわかったあとでも凛々しい。

（ケビン様が隣に立ってほしい人だと言っていた意味がわかる気がするわ）

間違ってもメラニーでは務まらない役目だ。

クインが空いている席に座ると、マリアが訊ねた。

「お食事をお持ちいたしましょうか？」

「ああ、頼む」

昨晩はほとんど寝ていないのだろう。疲れた声をしていた。

「メラニー、午後から時間はあるか？　小屋の地下室を先に調べようと思っているんだが」

「今日の午後ですか？　それは急ですね。クイン様、お休みにならなくて良いのですか？」

魔法陣があるかもしれない例の地下室については、森の調査が落ち着いた段階で改めて調べに行く予定だった。

「ケビンがいる内に確認しておきたいからな。あまり時間がないんだ」

来たばかりのケビンだが、すぐに王都に戻らないといけないらしい。

「それに、フレデリカ王女を迎えるとあれば、私たちも早めに王都に戻らなくてはいけないからな。色々と時間は残っていない」

「わかりました。すぐに支度をします」

午後になり、クインと二人で例の小屋へと向かった。

「怪しいのはこの突き当たりの壁か」

地下に降りると、メラニーたちは奥の壁の前に立つ。

「とりあえず、魔法陣があるか確認してみるか。メラニー」

「はい」

クインに促され、城壁の時と同じく、隠し部屋に入るための呪文を唱えた。

「『扉よ、開け』」

古代語の呪文を唱えた途端、魔力供給のネックレスを通して、体から魔力が吸い取られる。すると、壁に隠された魔法陣がぼんやりと浮かび上がった。

「やはり、隠し部屋だな」

だが、予め魔力供給の魔石には魔力を半分しか入れていなかったので、魔力が足りず、魔法陣が姿を現しただけで発動までは至らなかった。城壁の時のように、閉ざされているかもしれない空間に転送されるのを避けるためだ。

「大丈夫か？」

「はい。少し、クラクラするだけです」

「念のため、回復薬も飲んでおきなさい」

　クインに言われ、鞄（かばん）から回復薬を取り出し、一口飲んだ。

（やっぱり古代魔術の力は凄（すさ）まじいわ。勝手に魔力が吸い取られる感覚は何度経験しても慣れないわね）

「クイン様、これからどうするのですか？」

「王都の城壁の時と同様、壁を壊（こわ）す。メラニー、後ろに下がっていろ」

　メラニーが反対側の壁まで下がると、クインは魔法を使って、壁を壊し始めた。

「ん？　部屋じゃなくて通路があるようだな。行ってみよう」

　土壁で覆（おお）われた狭（せま）い通路を慎重（しんちょう）に進む。

「このまま進むと、教会の真下になりそうだ。ん？　……奥に何かあるな」

　突き当たりに、かなり大きい空間が広がっているようだった。

　クインが天井（てんじょう）に向けて、大きな光の玉を放つ。

「――っ！　クイン様、これ！」

「ああ、予想が当たったな」

　天井から光に照らされて現れたのは、床（ゆか）一面に描（えが）かれた巨大（きょだい）な魔法陣だった。

「――壮観（そうかん）だな。王都の城壁とは違（ちが）って、地面に描かれているのか」

足元に広がる巨大魔法陣に圧倒される。

間違いない。古代魔術による魔法陣だ。

「全体図が見づらいな。王都のものと似ているように見えるが、どうだ？」

「そうですね……。少し違う魔法式がありますので、こちらの方が更に改良されているようです。王都の魔法陣より後に作られたんだと思われます」

だが、基本的な効果は一緒だろう。この魔法陣がこの辺りに現れる魔物から領地を守っていたと推測できる。

「やはり、こちらの魔法陣も効果は切れているようですね」

「そうだろうな。だが、これで君の仮説が通りそうだ。他の地方にも同じような魔法陣が存在するかもしれない。……これで、また仕事が増えたな。ケビンに報告しなければ」

結局、新たに発見した魔法陣に関しては日を改めて複写作業をすることになり、この日は館へと戻った。

数日グナーツに滞在したケビンは必要最小限の確認を終えた後、フレデリカ一行を連れて、王都へと戻っていった。その際、ラモンやラインハルトも一緒に連行され、王都にて詳しい取り調べを受けるそうだ。

ケビン王子が来たことで逃れられないと悟ったのか、あれからラインハルトは更にいくつかのことを自白していた。

リーラギフトの密売は、レストベール領の一部の貴族たちが主体となって行っていたものだった。ラインハルトはその実行犯の一人で、ここ一、二年の間にレストベールに何度か帰っていることも判明している。

だが、まだラモンと繋がっていた件については口を閉ざしたままだ。

ケビンは彼らの裏に誰かいるようだと感じているようだった。

リーラギフトによって魔物が暴れ、グナーツの交易路が封鎖されたことで、得をしている人間、ベルタール領地を治める王弟の関与を疑っているらしい。

これはフレデリカからもたらされた情報だが、運河を使った新たな交易路を開設するため、リンベルク王妃の取り巻き貴族たちと積極的に交流を行っているそうだ。王妃のスパイであるラモンと、何らかの繋がりがあってもおかしくはないと話していた。

王都での取り調べで明らかにしたいと、ケビンは息巻いていた。

ケビンとフレデリカたちを見送った後は、グナーツでの残りの仕事を急いで取り行っていたメラニーたちだったが、それももう終わりを迎えている。

館の一室を借りて、メラニーは王都へ送る荷物の整理を行っていた。

部屋の中にはクインが森で見つけた植物や狩った魔物から採取した素材などが所狭しと並んでいる。これらを選別し、帰りの荷物の中に収めなくてはならない。後処理で忙しいクインに代わり、メラニーがやっているのだが、これがなかなか一苦労だった。

「ある程度は先に荷物を送った方がいいかしら？　マリア、どう思う？」

「その方が良さそうですね。どうすればいいか、館の者に相談して参ります」

マリアが部屋を出ていくと、入れ違いに、森から帰ってきたクインが顔を出した。

「メラニー、ここにいたか」

「あ、クイン様！　お帰りなさいませ。今日は湖に行かれたのですよね？　どうでした？」

ソワソワとメラニーが訊ねると、クインは満足そうな表情で微笑んだ。

「ああ、無事に湖の浄化作業が完了した」

「本当ですか！」

嬉しい報告にメラニーは顔を輝かせる。

「ああ。これでもう危険な魔物が増える心配がなくなった。これも、君の作ってくれた浄化薬のおかげだ。本当によくやったな」

クインがメラニーの頭を撫でる。

（良かった。ちゃんとグナーツのためにお役に立てたみたい）

心配していた浄化薬がちゃんと作用してくれて、本当に良かった。実は湖に落ちた時に使った浄化薬では効果が強すぎるということで、効力を弱めるように改良を重ねていたのだった。

「帰りに、交易路周辺を見て回ったが、特に心配するようなことはなさそうだった。このまま何もなければ、直に交易路も再開できるだろう」

「そうですか。これで心置きなく、王都に帰れますね」

「ああ。私もこんなに早く王都に戻れるとは思っていなかった。とはいえ王都に帰ってからもしばらくは忙しそうだ」

クインが気にしているのは、新たに見つけた古代魔術の魔法陣のことだ。ケビンとも話したが、他の土地にも同様の魔法陣が眠っていないか探すのは大変そうだ。

「なんだか、お仕事を増やしてしまって、すみません」

「君が謝ることじゃない。それに、魔法陣のことは王都に帰ってから考えればいい。それより、君とケビンの結婚の話をなくす方が重要だ。フレデリカ王女も王都へ無事に入ったようだし、上手くケビンが話を進めてくれていると祈るばかりだ」

実家から届いた手紙によると、ケビン自ら、グナーツにフレデリカ王女を迎えに行った話は相当話題になったようで、二人が王都に戻った日は、多くの国民が二人の姿を見ようと集まったらしい。

このパフォーマンスもケビンの策略らしく、貴族たちの間では間もなくリンベルクとの交流が復活するのだろうと噂になっているそうだ。そのため、メラニーとケビンの結婚の話が有耶無耶になりつつあると、書いてあった。

「きっと大丈夫だと思います。ケビン様もフレデリカ様もあんなにお互いを強く思っていますもの」

「そうだな」

クインはメラニーの頬に手を伸ばすと、優しく微笑んだ。

その柔らかな眼差しに見惚れていると、クインの顔が近づき、唇が触れる。

「私たちも王都へ帰ろう」

「はい」

この後、クインと一緒に荷物の整理をしていると、そこへ、領主夫妻がやってきた。

「もうすぐ帰ると思うと、寂しくなるわ」

帰り支度をするメラニーたちを見て、サマンサが名残惜しそうにする。

「長い間、本当にお世話になりました。滞在の間、本当に良くしていただいてありがとうございました。たくさんお話もできて楽しかったです」

「私もよ」

サマンサは優しく微笑む。

「なんだか、あっという間だったわね」

「そうだな。魔物討伐だけでなく、色々なことがあったが、こうして交易路の再開の道が見えて、嬉しく思うよ」

ジョセフもしみじみと言う。

グナーツ領地に着いた当初は、事態の深刻さに戸惑ったものだ。しかも、フレデリカたちのことやリーラギフトの一件など様々なことがあって、大変な目にもあったが、こうして、交易路の再開の目処がついて良かったと思う。

「クイン。グナーツのために本当によくやってくれた。お前は私の自慢の息子だ」

ジョセフ領主はクインを軽く抱きしめ、その背中を叩いた。

「本当にありがとう」

「……父上」

クインはジョセフの行動に驚きつつも、照れくさそうに微笑んだ。そんな二人に、サマンサも嬉しそうに目を細める。

(良かったですね。クイン様)

クインたちの様子を感慨深く見ていると、サマンサが声をかける。

「メラニーさんもありがとう。これでグナーツの人たちもやっと安全に過ごすことができるわ」

サマンサがメラニーの手を取って、感謝の言葉を述べた。

「それと、これからもクインのことをよろしくね」

「はい。もちろんです」

メラニーが頷くと、サマンサは微笑んだ。

「ふふ。こちらが落ち着く頃にはあなたたちの結婚式もあるかしら。その時を楽しみにしているわね」

「私もお二人が王都にお越しになる日を楽しみに待っております」

エピローグ

煌（きら）びやかな飾（かざ）り付けをされた王都の城の会場で、メラニーはクインと共にパーティーに参加していた。

今日の主役となる二人が登場すると、会場は一気に盛り上がる。

メラニーは人々に囲まれたケビン王子とその隣（となり）で微笑むフレデリカ王女の姿を眺（なが）めて、嬉しい気持ちになった。

フレデリカ王女訪問を祝うパーティーとあって、たくさんの人が参加している。

グナーツの交易路が再開されたことで、二人の婚約が正式に結ばれることになった。ここに至るまで、ケビンもフレデリカも相当大変だったようだ。

「一時はどうなることかと思いましたけれど、丸く収まって良かったですね」

「ああ、そうだな」

パーティーの参加者の中にはクインとメラニーの方をチラチラと見ている者も多い。メラニーがケビンの婚約者候補に挙がったことで色々な噂が流れていたようだ。グナーツから帰ってきてすぐにもかかわらず、このパーティーに出席したのは、二人の仲睦（なかむつ）まじい様子を示し、噂を完全に打ち消す目的もあった。

「メラニーちゃん」

声をかけられて振り向くと、マルティナとブレッドが近づいてくる。

フレデリカの警護も兼ねてか、二人は魔法騎士団の制服姿だった。

「マルティナさん！　ブレッドさんも！　お久しぶりです」

「ご無沙汰致しております」

「王都での生活はどうですか？」

クインがブレッドに訊ねる。

「ケビン殿下のお計らいで良くしてもらっております」

「それは良かった」

「クイン殿、スチュワート殿。改めて、グナーツでの一件、お礼申し上げる」

「いえ、とんでもないです。私たちもフレデリカ様を迎え入れることができて、とても助かっております。王都で何か困ったことがありましたら、気軽にご相談ください」

「お心遣い痛み入ります。おお、そうだ。貴殿らに紹介したい人がいるんだ。――クラリス」

ブレッドが後ろに控えていた女性騎士を紹介した。

「え？　クラリスさんって――」

「この子が本物のクラリスだよ」

マルティナがいたずらっ子のように目を細めて紹介した。

「え⁉」

「初めまして。グナーツではフレデリカ様がお世話になりました」

キリッとした表情で挨拶をする彼女は、背が高く、スラリとした体形をしている。紺色の髪を三つ編みにして後ろにまとめたその容姿は、クラリスに扮装した時のフレデリカによく似ていた。もしかしたら、普段から影武者の役割を担っているのかもしれない。

メラニーがそんなことを考えていると、ブレッドがクインに訊ねた。

「例の件、どうなりましたか？」

「リーラギフトの売買に関してはレストベール領地の関係者が何名か捕らえられました。ですが、未だ、そちらの魔法騎士との関係性は吐いていません」

「そうですか。こちらも似たような状況です。尋問にはもう少し時間がかかりそうですな」

「徐々に証拠が出てきておりますので、時間の問題でしょう」

クインたちが難しい顔で唸っていると、会場の入り口でざわめきが聞こえた。

そちらに顔を向けると、白いドレスを身に纏ったユスティーナ王女が優雅に歩いてくる姿が目に飛び込んできた。

病弱で公式の場に出てくることは珍しいユスティーナの登場に会場内はざわめく。すぐに彼女の周りには貴族たちが集まるが、ユスティーナはそれらの人垣を抜け、今日の主役であるケビンとフレデリカの方へと歩んでいく。

ユスティーナ王女がケビンと対立していることは誰もが知っていることであり、緊迫した空気が流れていた。

しかし、ユスティーナはいつもの涼やかな笑みを浮かべ、彼らに挨拶をする。そして、周囲が注目する中、二言三言話しただけで踵を返し、そのまま会場を後にしてしまった。

チラリとブレッドたちの様子を窺うと、彼らもまた厳しい目でユスティーナが出て行った方向を見ていた。ケビンからユスティーナのことを聞いているのだろう。

すると、突然、マルティナとクラリスが姿勢を正し、メラニーたちの脇へ移動した。

「メラニー」

「フレデリカ様！」

グナーツにいた頃と打って変わって、華やかな青色のドレスを身に纏ったフレデリカ王女がやってきた。

「クイン殿もご無沙汰している。その節は本当に世話になった。交易路の問題を解決してくれて本当にありがとう。二人には感謝してもしきれないよ。落ち着いたら、ゆっくり話をしよう。その時に改めて、礼をさせてくれ」

　フレデリカは晴れやかな笑みを浮かべて述べると、「ではまた」と言って、ケビンがいる方へと戻っていく。

「では、我々もこれで。いずれまた」

「またね、メラニーちゃん」

　ブレッドたちもフレデリカの警護に戻っていく。

　メラニーがぼうっとその後ろ姿を眺めていると、クインが首を傾げる。

「メラニー、どうかしたか？」

「……いえ。何だか今回の旅ではたくさんの人にお礼をいただいたので、胸がいっぱいで」

「それだけ、君の頑張りが伝わったのだろう。良かったな」

「はい」

　メラニーは改めて、人々の輪の中に入っていくフレデリカの姿を見つめた。今日はたくさんの人に挨拶をしなければいけないので忙しいのだろう。

　フレデリカが流し目を向けると、周りの令嬢たちやご婦人が小さく沸いていた。どうやら、フレデリカ王女の中性的な容貌は男性陣よりも女性陣に人気があるようだった。

（――でもわかる気がするわ。立っているだけでも華があって美しいんだもの）

　会場の音楽が変わり、自然とフロアの中央が開く。

その開いた空間で最初に踊るのは、もちろんケビンとフレデリカだ。

グナーツ領主の館の前で見た時のように、ケビンがフレデリカの前に跪き、手を差し伸べる。フレデリカが手を取ると、二人は音楽に乗って、踊り出した。

賑わう会場の中心でケビンと踊るフレデリカの姿はクラリスとして魔法騎士の姿をしていたとは思えないほど美しい。

（――やっぱり、二人とも本当にお似合いだわ）

クラリスとして接していた時は緊迫した空気をまとっていたが、こうしてケビン王子と楽しそうに踊っている姿を見ると、彼女もただの恋する女性のように見えた。

会えなかった長い年月を埋めるかのように話しながら踊るケビンとフレデリカの様子にこっちまで嬉しくなってくる。

一曲目が終わって、会場から拍手が溢れた。

音楽が次の曲へと変わり、他の貴族たちも次々とダンスを始めていく。

「メラニー、私たちも踊ろうか？」

クインから手を差し伸べられて、メラニーは緊張の面持ちでその手を取った。

「は、はい」

フロアの中央で踊る貴族たちに交ざると、早速周りから好奇の目が突き刺さる。

「いくぞ」

曲に合わせて、クインがリードを始めた。

こうして二人が踊るのは、メラニーがクインの婚約者であることをアピールするため、ケビンから命令されたものだった。事前にダンスの練習をしてきたものの、思っていたよりも注目されているようで、体が強張(こわば)ってしまう。

そんなメラニーの様子に気づいたクインが顔を近づけて耳元で囁(ささや)く。

「メラニー。周りが気になるのなら、私だけを見ていなさい」

驚(おどろ)いて顔を上げると、クインの紫色の瞳がじっとメラニーを見つめていた。

「――クイン様」

その柔らかい笑みに胸が高鳴る。

ドキドキしながらクインだけを見つめて踊ると、不思議と心が落ち着いてきた。それは今までも何度も感じてきた安心感だった。メラニーがピンチの時には、必ず助けに来てくれた。落ち込んだ時は励ましてくれるし、いつだって、クインはメラニーの味方でいてくれる。

(クイン様と一緒なら、どんなことがあってもきっと大丈夫だわ)

グナーツでも大変なことは多かったが、二人で乗り越えてきたのだ。そう思ったら肩の力が抜け、やっと自然に笑うことができた。

けれど、残念なことにダンスはもう終盤だ。曲が終わり、名残惜しく手を離そうとする

と、クインがその手を引き留めた。

驚いて顔を上げれば、クインが優しい眼差しを向け、改めてメラニーに手を差し出した。

「もう一曲踊ろうか？」

「よろしいのですか？」

「ああ、もちろんだ」

メラニーは目を輝かせて微笑むと、クインの手にそっと自分の手を重ねるのだった。

あとがき

この度は、「宮廷魔術師の婚約者3　書庫にこもっていたら、国一番の天才に見初められまして!?」をお手に取っていただき、誠にありがとうございます。

三巻では、ケビン王子の結婚相手候補にメラニーが挙がるという、とんでもないところからスタートし、メラニーたちが王都を離れ、クインの実家のあるグナーツへと向かいます。グナーツから隣国へと続く交易路では危険な魔物が暴れていて、その問題を解決しに向かうのですが、ここでも次から次へと大変なことが起っていきます。

実は、交易路の魔物問題を解決しに出かける話は、元々二巻のプロット案として考えていたものでした。当初のプロットでは、ケビン王子の結婚相手や、クインの両親のエピソードなどはなく、本作とは随分違う話でした。二巻ではメラニーたちの住んでいる王都の様子をもう少し描きたいということもあって没になったプロットですが、こうして形を変えて今作でお目見えすることができて良かったです。書庫に引き籠もっていたメラニーの世界がだんだんと広がっていく様子を一緒に楽しんでいただければ嬉しいです。

そして、今作から擽ル先生にイラストを担当していただくことになりました。執筆の追い込みの中で表紙や挿絵のラフを拝見したのですが、作品イメージとピッタリと合ったイラストに大興奮し、執筆の原動力とさせていただきました。キャラクターデザインをしてくださったvientｎt先生ともども、お二人には大変感謝しております。メラニーたちの世界観が伝わってくる素敵なイラストを本当にありがとうございます。

また、御国紗帆先生によるコミカライズも絶賛連載中でして、今現在コミックス二巻も発売されております。可愛いメラニーとかっこいいクインが、時にシリアスに時にコミカルに描かれていて、私も毎回楽しみに読ませていただいております。こちらも是非一緒に楽しんでいただけましたら嬉しいです。

最後に、本作にご尽力いただきました担当様及び、制作・出版に関わってくださいました全ての方々に心から御礼を申し上げます。そして、ここまで読んでくださった読者の皆様に最大限の感謝を捧げます。こうして三巻を出せたのも応援してくださる皆様のおかげです。本当にありがとうございます。

またどこかでお会いしましょう。

春乃春海

BEANS BUNKO

「宮廷魔術師の婚約者3 書庫にこもっていたら、国一番の天才に見初められまして!?」の感想をお寄せください。

おたよりのあて先

〒102-8177 東京都千代田区富士見2-13-3
株式会社KADOKAWA　角川ビーンズ文庫編集部気付
「春乃春海」先生・「擽ル」先生・「vient」先生

また、編集部へのご意見ご希望は、同じ住所で「ビーンズ文庫編集部」までお寄せください。

宮廷魔術師の婚約者3

書庫にこもっていたら、国一番の天才に見初められまして!?

春乃春海

角川ビーンズ文庫　24229

令和6年7月1日　初版発行

発行者――山下直久
発　行――株式会社KADOKAWA
〒102-8177　東京都千代田区富士見2-13-3
電話 0570-002-301（ナビダイヤル）
印刷所――株式会社暁印刷
製本所――本間製本株式会社
装幀者――micro fish

●お問い合わせ
https://www.kadokawa.co.jp/（「お問い合わせ」へお進みください）
※内容によっては、お答えできない場合があります。
※サポートは日本国内のみとさせていただきます。
※Japanese text only

ISBN978-4-04-115077-1 C0193 定価はカバーに表示してあります。　◇◇◇

転生したら魔王の娘
Reincarnated to devil's daughter
うっかり
最凶魔族をスキルで
魅了しちゃって
甘すぎる溺愛から
逃げられません！
著／三浦まき
イラスト／横山もよ
塩対応だった最凶魔族が魅了スキルで
溺愛モード!? 秘密を抱えた主従ラブ!